Die Essenz

der Winter-Kokosnussmilch

I

Wilhelm sitzt auf der Veranda und schaut zufrieden in den Sonnenuntergang eines schönen warmen Tages auf der Südhalbkugel. Heute Mittag hat er unter Palmen Kokosnussmilch getrunken. Dieses Erlebnis, dieser wundervolle Blick auf das Meer schwingt noch in ihm nach. Er ist zufrieden mit sich und seiner Umwelt. Er hat sich diesen Urlaub wirklich hart verdienen müssen! Er ist völlig ausgebrannt. Der Job in der Vorstandsetage einer großen Versicherung hat in den vergangenen Wochen an seinen Nerven gezehrt. Jetzt sitzt er hier mit seiner Familie und ein paar neuen Urlaubsbekanntschaften und schaut in die rote Sonne, die gerade am Horizont im Meer versinkt. Seine Frau und seine Kinder schauen dem Personal gelangweilt beim Abräumen zu. Man philosophiert am Tisch darüber, ob der Weißwein nun besser 17 oder 13 Grad haben sollte. Plötzlich klingelt das Telefon. Die Nummer ist Wilhelm völlig unbekannt.

„Hallo, hier ist der Alex!" - „Wer ist Alex?", fragt sich Wilhelm. Seine Frau schaut ihn mit wissenden Augen an. Wilhelm weiß, dass seine Frau glaubt, es sei seine Freundin. Dabei hat er dafür gar keine Zeit. Er ist wirklich treu! Irgendwie kränkt ihn der Gedanke seiner Frau. Wie soll er seiner Frau jetzt erklären, dass ihn ein Fremder anruft? Er kann sich an keinen Alex erinnern. Seine Frau wird ihm wieder mal nichts glauben! Wahrscheinlich will er ihm jetzt ein Zeitungsabo verkaufen! Alex kennt Wilhelm auch nicht. Scheinbar hat er sich verwählt. Nach einem oberflächlichen „Wie geht's", kommt Wilhelm auf den Punkt und fragt Alex, „Was machst Du so? Wieso hast Du mich angerufen?". Alex sitzt auf der anderen Seite der Welt mit zwei Freunden im Auto. Der Wind pfeift kalt um sein eingeschneites Fahrzeug. Er wollte nur mal kurz aus der Stadt fahren; seine beiden Freunde, Heiner und Kevin, nach Hause fahren damit sie das Busgeld sparen können. Sie sind nicht so gut betucht und müssen auf jeden Cent achten. Auf vereister Straße rutschte Alex 5 Kilometer im Nirgendwo in eine Schneewehe. Immer wieder brechen die Telefongespräche ab. Scheinbar ist auch das Funknetz gestört, denn das Telefon wählt manchmal zufällig eine andere Nummer als die, die er wählt. Er kann immer nur kurz mit seiner Außenwelt telefonieren. Er hat schon ein paar Nummern durchprobiert, aber es ging keiner ans Telefon. Er muss seine Zeit gut nutzen, denn in einer Stunde ist das Benzin alle und die Heizung, die ohnehin immer kältere Luft ins Wageninnere pustet, wird völlig kalt sein. Der Kältetod ist den Dreien dann sicher! Die drei Freunde haben Angst und Alex bittet Wilhelm um Hilfe!

Wilhelm kann zwar nicht helfen, aber er macht den Dreien Mut. Er sagt Ihnen, „Der Sturm ist bald vorbei. Macht Euch keine Sorgen!". Wilhelm kennt diese Antworten zur genüge. Nicht umsonst hat man so viel Geld in seine Ausbildung investiert. Er hört sich sagen, „Nach jedem Winter kommt auch ein Frühling und bringt die schönsten Vöglein mit! Außerdem kann man nicht wissen, ob das Benzin auch wirklich schon in einer Stunde alle ist, oder ob es nicht doch länger halten wird. Sicherlich wird gleich der Streuwagen um die Ecke biegen und Euer Auto wieder frei streuen. Eine gute Idee ist sicherlich auch, wenn einer von Euch in die nächste Ortschaft geht und Hilfe holt. Wahrscheinlich sind es gar keine 5 Kilometer bis dahin, sondern höchsten 4! Auf jeden Fall, bleibt Ruhig! Und keine Panik! Bleibt einfach sitzen und wartet auf Hilfe!"

Wilhelm ist zufrieden. Wieder einmal hat er einem Menschen, wie so oft in seinem Leben, geholfen! Alex und seine Freunde freuen sich auch! Es ist also Alles nur Halb so schlimm! Doch da bricht die Telefonleitung auch schon wieder zusammen.

Wilhelm hat seinen Bekannten etwas zu erzählen! Er ist der Mittelpunkt des Abends. Gespannt hören sie ihm zu, was ihm Alex am Telefon erzählt hat. Selbst seine Familie ist gebannt. Er muss immer wieder haarklein erzählen, was er gehört hat. Was er nicht genau weiß oder nicht mehr so gut in Erinnerung hat, dichtet er einfach hinzu. Man philosophiert anschließend darüber, ob man den Dreien helfen möchte. Aber da man nicht weiß, wo sie stehen, kann man ihnen natürlich auch nicht helfen. Allgemeines bedauern wird bekundet und man sagt sich gegenseitig, wie leid einem die Drei Freunde doch tun und ist insgeheim doch froh, an diesem schönen warmem Sommerabend die kühlende Meeresbriese bei All Inclusive zu genießen. Wilhelm erhebt sich und spricht einen Toast aus, „Lasst uns unser Glas erheben auf die mutigen Jungs, die jetzt im Schneesturm um ihr Leben kämpfen!" Alle heben das Glas und prosten Wilhelm bewundernd zu. Ein Held, dieser Wilhelm, ... welche Contenance ... welch eine distinguierte Persönlichkeit er doch ist! Man kann stolz sein, diesen Menschen kennen gelernt zu haben! Eine Bereicherung des Urlaubs!

Anschließend erzählt man sich lustige Schwänke aus der eigenen Vergangenheit und geht nach einem erlebnisreichen Abend gut gelaunt ins Bett. Wilhelm freut sich, als seine Frau ihm sagt, wie stolz sie auf ihn ist, dass er völlig selbstlos Trost und Beistand gespendet hat! Aber die Pointe wäre sicherlich der Toast gewesen. So mitfühlend und pathetisch! Einfach wundervoll und seiner würdig! Auch sein kleiner 5-jähriger Sohn lobt ihn vor dem einschlafen, „Papa, wenn ich mal im Schneesturm stehe, rufe ich Dich an! Du kannst so toll helfen! Du hast für Alles die perfekte Lösung!" - „Morgen früh können wir die Jungs ja mal anrufen und fragen, wie es ihnen geht. Die Nummer steht doch auf Deiner Telefonliste.", sagt seine kleine Tochter und schläft friedlich ein. Wilhelm schüttelt langsam mit dem Kopf. „Ver-

rückte Ideen hat die Kleine", denkt er.

Im Auto schauen sich die drei Freunde lange an und fragen sich, wer denn nun im Jogginganzug in die nächste Stadt gehen soll um innerhalb von mittlerweile nur noch 45 Minuten wieder zurück zu sein. Kevin sagt, „Dieser Wilhelm hat gar nicht begriffen, in was für einer Lage wir stecken! Der hat uns nur aufgehalten!" Heiner, nicht der Hellste, aber eine ehrliche Haut, schaut seine zwei Freunde mit leuchtenden gläubigen Augen an und sagt, „Ich werde gehen und Hilfe holen! Wilhelm hat doch gesagt, es ist alles nicht so schlimm! Ihr müsst mir nur aufschreiben, wo wir jetzt sind. Ich habe Angst, dass ich es vergessen könnte." Gesagt, getan! Leider finden sie kein Papier und Alex kritzelt Heiner schnell auf die Hand, „Hilfe! Rette die Freunde! Hauptstraße 4 bei Kilometer 357." Alex witzelt noch, Heiner soll eine Kordel mitnehmen und seine Hand um den Hals binden, damit er sie auch wieder findet! Entspannendes Lachen folgt dem gut gemeinten Witz. Dann öffnet Heiner die Tür. Der Lärm des Sturms ist ohrenbetäubend. Heiner fällt noch eine witzige Antwort auf Alexs Frotzelei ein und gibt sie zum Besten aber die Worte werden vom Wind fortgeweht. Lachend steckt er sich eine alte Kordel in die Tasche, die er auf dem Rücksitz gefunden hat und geht voller Zuversicht in das Schneetreiben. Sein Schatten verschwindet in der Nacht und die beiden Insassen können ihn schon nach ein paar Sekunden nicht mehr wahrnehmen. Sein Glaube an Wilhelms Worte verleiht seinen Schritten Flügel. Er wirkt sehr glücklich darüber, dass er seinen Freunden helfen kann. Kevin ahnt, dass das Glücksgefühl des Gläubigen auch nicht mehr bedeutet,

als das Lachen eines Besoffenen.

II

„Glaubst Du, er schafft das?", fragt Kevin. Alex hat keine große Lust sich mit seinem Freund Kevin zu unterhalten. Immerhin trägt er die Schuld an der ganzen Sache. Wenn er nicht nach Hause gewollt hätte, würden sie nicht in dem Schlamassel stecken! Wie er sich so in Rage denkt, fällt ihm auf, dass sie nur noch 35 Minuten Zeit haben, bis die Heizung ausfällt. Hoffentlich wird Heiner Erfolg haben und Hilfe finden. Aber wahrscheinlich wird der Trottel noch nicht mal den Weg zur nächsten Ortschaft finden und gleich wieder am Auto stehen, weil es ihm draußen zu kalt war! Er ist schon ziemlich blöd, dieser Heiner.

Das Funknetz kehrt zurück. Wenigstens kann man sich auf die Technik verlassen! Sofort ruft er eine andere

Nummer an. Seine alte Freundin Klara wird ihm bestimmt helfen. Klara erfasst die Situation sofort. „Wie kann man nur so blöd sein, bei diesem Wetter mit leichter Kleidung und so wenig Erfahrung Auto zu fahren? Wie bist Du nur auf diese schlechte Idee gekommen!? Das musste ja so kommen! Jetzt wirst Du sterben und das ist nur Deiner Dummheit zuzuschreiben! Das bist Du selber schuld!". Alex räumt zögerlich ein, „Klara, Du hast natürlich völlig Recht! Ich bin dumm und unvorsichtig! Kannst Du mir trotzdem helfen?" - „Na klar, erst fährst Du in die Wildnis und jetzt kommst Du betteln! Und ich soll mich jetzt auch noch für Dich in Gefahr bringen? Du glaubst doch nicht, dass ich Deine Dummheit auch noch unterstützen werde. Du solltest in Deinem Alter wirklich mehr Verstand haben! Das nächste Mal musst Du aber mal nachdenken, was Du tust! Letztes Jahr im Früh-

ling, weißt Du noch, da hast Du auch nicht nachgedacht und sogar Kaffee besorgt, weil Du dachtest, ich würde ihn gerne trinken. Wenn Dir etwas an uns gelegen wäre, hättest Du gewusst, dass ich viel lieber Tee trinke! " Da bricht das Telefonnetz erneut zusammen. Klara ist mit sich zufrieden! „Denen habe ich jetzt mal heimgeleuchtet! Wie kann man nur so blöd sein?" Trotzdem freut sich Klara, dass sie den Jungs eine Lehre erteilen konnte. Beim nächsten Mal würden sie vorsichtiger sein!

Die beiden Jungs sind wieder allein im Auto. Die Reservelampe des Tanks leuchtet hell in das Fahrzeuginnere und wirft einen gelben Schein auf ihre erschreckten Gesichter. Alex seufzt und erklärt erst einmal, dass Klara natürlich Recht habe. „Normalerweise ist sie nicht so! Sie kann wirklich nett sein!" Kevin sagt, „Die hat uns auch nichts gebracht! Außerdem haben wir nur noch 20 Minuten zu leben! Jetzt hilft nur noch beten!" „Ja", sagt Alex, „aber davon wird es auch nicht wärmer und davon hört der Sturm auch nicht auf, den Schnee durch die Gegend zu blasen!" - „Vielleicht sollten wir uns einfach mit dem Gedanken anfreunden, dass uns keiner helfen kann und wir sterben werden. Ich habe mal gehört, wenn man den Tod mit offenen Armen empfängt, hat man es nicht so schwer!" - „Vielleicht könnten wir uns auch selber helfen. Hast Du einen Reservekanister dabei?" - „Ich glaube ja, aber willst Du wirklich raus gehen? Schau mal, wie die Eiskristalle am Fenster blühen. Unser Atem raucht schon! Und die Scheiben sind völlig beschlagen!" - „Wie kannst Du dann wissen, ob es überhaupt noch schneit?", fragt Kevin, „Genauso gut könnte der Schneesturm auch aufgehört haben! Ich werde

mal nachschauen!" Kevin öffnet vorsichtig die Tür und sieht durch den Spalt auf das heftige Schneetreiben. „Gib mir mal den Autoschlüssel, damit ich im Kofferraum an den Reservekanister rankomme!" - „Spinnst Du? Wenn wir das Auto ausmachen, machen wir auch die Heizung aus und ich weiß gar nicht, ob der Motor dann noch mal anspringt. Wir können uns nicht helfen! Wir werden sterben!", doziert Alex mit weinerlicher Stimme. Er fühlt sich irgendwie schuldig. Er ist einfach zu ängstlich, wie Klara meinte, und zu wenig motiviert, wie ihm Wilhelm klar machte. „Gleich wird es noch einmal warm und dann wird der Frost meinem lächerlichen Leben endlich ein Ende bereiten", denkt Alex und sein Blick fällt auf die Uhr. Noch 10 Minuten, und es ist vorbei! Endlich! Ein Glücksgefühl macht sich in ihm breit! Er beschließt, seine letzten verbleibenden Minuten auf dieser wundervollen Erde in vollen Zügen zu genießen und schließt die Augen. „Das ist wohl das Beste, was man tun kann! Jede Sekunde des Lebens spüren! Völlig bei sich sein! Immerhin atme ich noch und deshalb weiß ich, dass ich noch lebe! Das ist eine gute Einsicht!" Das Telefon klingelt und stört seine Gedanken. Er meldet sich, „Alex!". Seine alte Tante ist an der anderen Leitung und will wissen, wie es ihm geht. Alex erzählt ihr, dass er im Schneesturm steht und sicherlich bald sterben wird. Seine Tante ist total aufgeregt und schreit wie wild „Welch ein Unglück! Genau wie bei Deinem Onkel! Warum trifft das Unglück immer nur uns? Wie soll ich das nur Deiner armen alten Mutter erklären? Du machst sie damit sehr sehr traurig!" Weinend legt sie den Hörer auf und ruft Alex zum Abschluss noch zu, dass er seinem Onkel einen schönen Gruß von ihr bestellen

solle. Es ginge ihr gut! Alex schaut mit leerem Blick auf das Armaturenbrett. Eine Träne rinnt über seine Wange. Er denkt an die Beerdigung seines Lieblingsonkels und diese wundervolle Rede des Pfarrers.

„Gib mir mal das Telefon!", sagt Kevin und nimmt es Alex aus der Hand. Der denkt noch nicht einmal an protest. „Wen könnte ich jetzt anrufen? Wer könnte mir helfen? Ich habe nur noch eine Chance!", denkt Kevin. „Meine Eltern oder meine Lehrer würden lachen, wenn sie mich hier in dieser blöden Situation finden würden. Ich will mich nicht lächerlich machen!" Deshalb ruft er seine Freundin Yvonne an. Sie ist ein taffer Typ und hat immer eine Antwort parat! Sie wird ihnen helfen! Yvonne sagt, „OK. Das ist nicht gut! Ihr seid in einer schwierigen Situation. Aber es gibt noch eine Möglichkeit, die ihr nicht bedacht habt. Nimm

Dir das Benzin aus dem Kofferraum und zünde das Auto an. Sei vorsichtig, dass der Tank nicht explodiert. Mach am Besten den Tankdeckel auf, damit die Gase entweichen können und bete, dass sie sich nicht entzünden. Haltet Euch gegenseitig warm! Dann haltet Ihr länger durch und man kann das Feuer leuchten sehen. Ich versuche Euch Hilfe zu schicken. Oder noch besser, ich fahre sofort selber los. Aber ich brauche mindestens eine halbe Stunde bis zu Euch. Haltet durch! Ohne Hoffnung werdet Ihr das nicht schaffen! Ihr müsst fest daran glauben, dass Ihr bald gerettet seid! Dann werdet Ihr länger leben."

Alex fantasiert schon. Er hat viele gute Menschen mit vielen gut gemeinten Ratschlägen gehört. Er ist am Ende. Kevin dreht den Autoschlüssel um und macht das Auto aus. Die Heizung verstummt. „Alles ist so wundervoll ruhig und friedlich hier", denkt er, „Warum bin ich eigentlich so müde?"

III

Yvonne will eigentlich gerade losfahren, als eine gute Freundin anruft. Yvonne muss noch schnell erzählen, was ihrem gemeinsamen Bekannten Kevin passiert ist. Als sie auf die Uhr schaut, denkt sie sich, „Jetzt komme ich eh zu spät und kann auch direkt hier bleiben." Sie kuschelt sich in eine warme Decke, wirft einen langen Blick auf das Schneetreiben vor ihrem Fenster und sieht sich einen traurigen Film im Fernsehen an. „War ein netter Kerl, dieser Kevin, und gut ausgesehen hat er auch! Schade eigentlich! Aus uns hätte was werden können! Meine Ideen hätten klappen können. Ich bin wirklich ein klasse taffer Typ! Ich habe für alle Probleme eine Lösung!" Im Fernsehen stirbt gerade die große Liebe des

Hauptdarstellers, der sich dabei auf den Ersten Blick in die Schwester verliebt. Yvonne schluchzt, „Nein, so ein trauriger Film! Die Liebe auf den Ersten Blick gibt es also doch!"

Kevin geht hinaus in die Kälte und öffnet den Kofferraum. Er schüttelt den Reservekanister. Er ist randvoll! Glück gehabt! Nachdem er Alex vorsichtig aus dem Auto gezogen hat, macht er sich daran den Innenraum mit Benzin zu übergießen. Die letzten Liter Benzin kippt er in einen Eimer und zündet es an. Anschließend wirft er ein brennendes Streichholz ins Fahrzeuginnere. Schnell brennt es warm und hell! Alex lächelt friedlich und hat die Augen geschlossen - das muss der Weg zum Himmel sein! „Hoffentlich kommt Yvonne bald", sagt Kevin zu sich selbst.

Kevin steht vor dem brennenden Auto. Die Gegend sieht direkt viel freundlicher aus, denkt er. Das Schneetreiben kann ihnen im Moment nichts anhaben. Im Licht des Feuers meint er eine Bewegung wahr zu nehmen. Irgend etwas bewegt sich doch da im Schneetreiben. Er meint, einen Schatten zu erkennen. Doch immer wenn er sich auf den Schatten konzentriert, verliert er ihn aus dem Blickfeld. „Wahrscheinlich fange ich jetzt auch an zu fantasieren!", denkt Kevin. Er versucht es aus den Augenwinkeln heraus zu beobachten, und wirklich, da ist irgendjemand. Es kommt auf sie zu! „Bitte, lass es nicht Heiner sein, der erfolglos war!" Kevin schüttelt Alex so lange, bis er die Augen öffnet. „Sieh mal! Da ist jemand!" Laut schreien Alex und Kevin im Hilfe. Langsam schält sich ein alter Mann mit einem Esel aus dem Schneesturm. Er hat alte derbe Wolldecken dabei und gibt sie den Jungs, die sie dankbar um ihre bibbernden Körper wickeln. „Die Decken riechen etwas muffig und fallen schwer bis zu den Knien herab. Alex und Kevin sind eigentlich leichte Funktionskleidung gewöhnt. Hoffentlich sieht uns jetzt keiner unserer Freunde. Aber die Decken halten wenigstens warm. Lieber albern aussehen als erfrieren! Der Alte sieht seltsam aus", denkt Kevin. „Irgendwie lebt dieser Alte Mann in einer anderen Zeit."

Der Alte erklärt, „Ich war auf dem Weg nach Hause. In meinem Alter darf ich nicht mehr Auto fahren. Deshalb komme ich nur langsam voran. Ich habe für alle Fälle immer meinen Esel dabei, der die Dinge trägt, die ich vielleicht gebrauchen könnte. In meinem Alter will man diese nutzlosen Dinge nicht mehr selber tragen! Irgendwo bin ich über einen starren schneebedeckten Körper gestolpert. Nur noch die Hand ragte hoch gestreckt, mit einer alten Kordel an einen Stock gebunden, aus dem Schnee. Ich wollte sehen, was er so in den Taschen hat und ihn dann beiseite räumen. Deshalb habe ich mir Licht angemacht um besser zu sehen. War schon komisch: Wenn eine Schneeflocke auf die Hand fiel, wurde sie sofort wieder vom Wind weggeblasen. Deshalb konnte ich auf der starren Hand lesen: „Hilfe! Rette die Freunde! Hauptstraße 4 bei Kilometer 357."

IV

Ich habe gar nicht mehr daran geglaubt, dass es in unserer Zeit noch Freunde gibt! Ich habe es zuerst für einen schlechten Scherz gehalten. Aber irgendwie gefiel mir der Gedanke und ich wollte wenigstens nachschauen, ob es so etwas nicht doch noch geben kann. Als ich Euer Feuer gesehen habe, hat es mein Herz erwärmt und meine Gedanken beflügelt. Es gibt sie also doch noch, diese Idee der selbstlosen Freundschaft. Ihr habt mir damit eine große Freude gemacht! Ich habe ja eigentlich schon lange nicht mehr an solch eine Freundschaft geglaubt. Gut, dass ich Euch gefunden habe! ". Etwas leiser brummelt der Alte, „Was hat sich Euer Freund dabei gedacht? Er muss ziemlich blöd gewesen sein!" Alex und Kevin schauen sich an und wissen nicht, ob sie nicken lachen oder weinen sollen.

Der Alte setzt sich mit seinem Esel in Bewegung. Er scheint mit sich selbst zu sprechen. „Wenn Ihr wollt, kommt jetzt mit. Meine Erfahrung sagt mir, ich muss jetzt los, der Sturm wird noch schlimmer werden und ich will in Bewegung bleiben, damit ich nicht noch einschneie! Ich habe so ein Mistwetter schon oft erlebt! Mittlerweile sehe ich es mir lieber durch eine Fensterscheibe an. Außerdem bin ich müde und will nach Hause an mein warmes Kaminfeuer!" Kevin und Alex blicken noch einmal auf das brennende Auto. Es leuchtet immer noch hell durch die Nacht. „Du, ich glaube, Yvonne kommt nicht mehr", sagt Alex müde und wirft das Telefon ins Feuer. „Die Batterien waren sowieso fast leer! Ich mag nicht mehr mit Anderen reden." Dann folgen die Beiden dem Alten mit seinem Esel schweigend durch die Nacht. Langsam und bedächtig setzt er Fuß vor Fuß. Obwohl es Kevin unendlich langsam erscheint kommt er doch schon nach kurzer Zeit außer Puste. Der Schnee an seinen Schuhen und seinen Hosen wird immer schwerer. Er will sich keine Blöße geben und versucht die Schritte automatisch zu setzen. Es klappt nicht. Der Schnee ist immer unterschiedlich tief und er stolpert schon nach ein paar Schritten und fällt der Länge nach hin. Alex hilft ihm auf. „Wenn wir in seinen Fußstapfen gehen, kommen wir besser voran!"

Das Licht des brennenden Autos hinter ihnen wird immer kleiner. Nach ein paar Minuten ist es fast nicht mehr zu sehen. Kevin fragt sich, ob es ausgebrannt ist. Wie lange brennt so ein Auto? Seine Gedanken werden jäh von einem lauten Knall unterbrochen. „Mist, Yvonne hatte unrecht! Der Tank explodiert doch! Gut, dass wir nicht mehr am Auto sind! Der Alte muss das gewusst haben; sonst wäre er nicht so schnell los gezogen!" Der Alte Mann wird Kevin so langsam unheimlich. „Hoffentlich wird das meine Versicherung bezahlen!", hört er Alex sagen, „Wenn ich das zu Hause erzähle, das glaubt mir kein Mensch!"

Kevin traut seinen Augen nicht. Sie gehen durch den Wald und der Schneesturm tobt über ihren Köpfen. Die hohen Bäume schirmen alles ab. Hier unten kommt von All dem fast nichts an. Es kommt Kevin unwirklich vor. Er fühlt, mit diesem Alten Mann kann ihm nichts passieren; er ist in Sicherheit. Nach einer Weile kommen sie auf eine Lichtung und sehen eine Holzhütte. Kevin kann sogar den Qualm eines warmen Feuers riechen, der scheinbar aus dem Schornstein quillt. Kevin atmet tief ein. Wie schön wäre es, wenn Heiner noch leben würde und er mit ihnen zu dieser Hütte gegangen wäre! Kevin beschließt voller Dankbarkeit irgendwann in einer Kirche für Heiner eine Kerze anzuzünden.

V

Die Hütte gehört dem Alten. Er öffnet die Tür und schüttelt sich den Schnee vom Mantel ab. „Davon haftet nichts an. Entweder es schmilzt oder es bleibt draußen! Kommt rein, Ihr

Zwei, und wärmt Euch am Feuer! Wenn der Sturm vorbei ist, bringe Ich Euch wieder zum Waldrand auf Eure Straße! Ihr werdet dann nach Hause finden können." Kevin und Alex betreten den warmen Raum und fühlen sich sofort wohl. „Saugemütlich", findet Kevin und schaut sich um. In der Mitte steht ein grob behauener Holztisch. Er muss schon einige Jahre auf dem Buckel haben und Zentner wiegen. Er sieht trotzdem sehr stabil aus. Um den Tisch stehen ein paar ebenso grob behauene Stühle und hinten links steht das Bett des Alten. Vorne an der Tür hat sich der Esel hingelegt, denn einen Stall gibt es nicht. Der Alte hatte das Tier absichtlich mit in die Hütte genommen, damit es draußen in der Kälte nicht erfrieren konnte. Der Esel dankte es ihm mit einem fröhlichen IIIAAAAH. „Setzt Euch und trinkt eine Tasse warmen Tee! Das Wasser kocht gerade.", lädt der Alte die Beiden ein. Kevin setzt sich artig neben Alex an den Tisch. Er kommt sich wie ein kleines Kind vor. Das ärgert ihn, es zehrt an seine Selbstvertrauen. Aber immerhin, ohne diesen Alten Mann würden Sie nicht leben.

„Wir haben uns ziemlich blöd und unreif benommen", sagt Kevin. „Wir hätten daran denken können, dass die Straßen voller Eis sind. Danke für Ihre Hilfe!" Der Alte erwidert, „Glaubst Du Reife hätte etwas mit Alter zu tun? Viele alte Menschen sind noch völlig unreif!". Er legt drei Äpfel auf den Tisch: Einen grünen, einen roten und einen alten verschrumpelten. „Welchen Apfel würdest Du wählen? Worauf hast Du Appetit? Je länger man auf einem Gedanken rumreitet, desto weniger will man ihn haben! Es gibt nichts Richtiges oder Besseres. Es gibt nur ein passendes Verhalten zu einer dazu passenden Zeit.

Jeder Mensch hat die Freiheit sich auch unpassend zu Verhalten. Die größten Erfindungen wären ohne diese geistige Freiheit nicht denkbar. Niemand hätte je versucht zu fliegen. Der gesunde Menschenverstand sagt uns doch schon, dass ein Mensch nicht fliegen kann!" Kevin wundert sich. Irgendwie hat er es schon immer geahnt. Die guten Ratschläge am Telefon klingen noch in ihm nach. Ein weiser Mann hat mal gesagt, „Nichts ist unnützer als der ungefragte Rat". Wir haben zwar um Rat gefragt, allerdings hat sich niemand Gedanken darüber gemacht, was wir wirklich hätten umsetzen können. Helfen muss man sich letztlich immer selber. In ihm reift die Meinung heran, dass die meisten Menschen Schwätzer sind. Dieser seltsame Alte Mann irritiert ihn. Irgendwie erscheint er Anders. Er ist Kevin seltsam vertraut.

VI

„Wie meinen Sie das, Alter Mann, mit der Freiheit? Niemand ist frei. Wir sind Alle von irgendetwas abhängig." „Ja", antwortet der Alte, „das sind wir! Aber wenn wir nicht mehr abhängig sind, sind wir dennoch nicht auch automatisch frei. Wenn jemand im Gefängnis sein will, und es auch ist, dann ist er nicht gefangen sondern er ist da hingegangen, wo er hingehen wollte. Er ist also frei! Ebenso frei ist er, wenn sich sich seine Wärter entscheiden, ihn aus dem Gefängnis zu entlassen und er es auch möchte. Er wird seine Zelle in Freiheit verlassen können. Die Freiheit findet nicht in einem Betrachter statt, sondern in dem Menschen, der die eigene persönliche Freiheit erlebt. Natürlich werden die Menschen die das Gefängnis sehen, sagen, der Mensch ist im Gefängnis und unfrei!" Kevin ist verwirrt, „Klar! Wenn jemand souverän, also selbstbestimmt handelt, ist er frei. Er kann also auch ganz souverän entscheiden unfrei zu sein. Es liegt in seiner Freiheit. Andererseits ist der Mensch, der im Gefängnis sein will, gar nicht unfrei, sondern krank! Wer will schon im Gefängnis sein?! Merkt der Mensch im Gefängnis denn nicht, dass er eigentlich ein Gefangener, ein Unfreier, ist?"

„Alle Menschen wollen ein freies Leben führen! Niemand will im Gefängnis sein. Auch nicht in seinem Eigenen!", sagt Kevin. „Immerhin könnte es sein, dass man nicht merkt, dass man in einem Gefängnis sein möchte. Woran merke ich, dass ich frei bin?" Der Alte Mann schaut ins Feuer und lächelt. „Die Menschen wollen vor Allem immer die Sicherheit. Niemand fühlt sich wohl, der nicht auch glaubt, dass die Dinge unter Kontrolle wären. Die Menschen suchen immer aufgeregter nach einem Leben ohne Risiko. Wie soll das das zu machen sein? Ein Leben ohne „die Gefahr zu leben" zu führen und dennoch glücklich sein? Die Schlagworte Sicherheit und Perfektion führen in die Irre! Es führt zu einer Perfektionierung der Sicherheit und zum Ende der Freien Welt. Das Eine schließt das Andere aus.

Sicherheit bezeichnet einen Zustand, in dem der Mensch keine Angst hat. Üblicherweise ist das ein Lebensraum der dem Menschen vertraut ist, den er überschauen kann und den er unter seiner Kontrolle glaubt. Er muss eine gewisse Statik enthalten, also über einen Zeitraum hinweg, für den Menschen scheinbar ohne Veränderung da sein. Wenn der Mensch sich an dieses Dasein gewöhnt hat, erscheint es ihm sicher. Der Mensch hat das Leben aber nicht unter seiner Kontrolle. Er wird es auch in absehbarer Zeit nicht kontrollieren können!

Wenn man sich die Idee der Perfektion zu Gemüte führt, stellt sich unweigerlich die Frage, was ist denn überhaupt perfekt? Perfekt, egal was man dafür hält, bezeichnet einen Zustand, den man nicht mehr verbessern kann. Gibt es so einen Zustand überhaupt? Wie geht die Natur mit einem perfekten Zustand um? Für die Natur ist ein perfekter Zustand ein Zustand, in dem es dauernde Veränderung, also überhaupt keinen statischen Zustand gibt. Alles verändert sich; Alles ist also natürlich perfekt.

Perfekte Sicherheit ist daher ein Widerspruch in sich, den man nicht so ohne weiteres wahr nimmt. Insofern ist eine perfekte Sicherheit nur ein Trugbild des Menschen um sich einzureden, es gäbe außerhalb seiner eigenen Wahrnehmung nichts mehr zu entdecken.

Die Idee der Freiheit fasziniert die Menschen zwar, aber sie macht ihnen auch Angst. Niemand möchte im Fernsehen Tiere im Zoo beobachten, wenn er die Möglichkeit hat, Tiere in freier Wildbahn gezeigt zu bekommen. Trotzdem geht man in den Zoo um Tiger zu schauen und nicht allein in den Urwald.

Tiere im Zoo sind träger als ihre Brüder, die in Freier Wildbahn leben. Im Zoo wird alles geplant; selbst die Arterhaltung. Die Tiere leben in nahezu absoluter Sicherheit. Alles wird getan um ihnen ein langes Leben zu ermöglichen, damit die Zoobesucher auch am nächsten Tag noch was zu Bestaunen haben. Die Aufzucht ist teurer als die Pflege! Die Tiere im Zoo tragen keine Verantwortung für ihr Leben und auch keine Verantwortung für den Zusammenhalt ihrer Gemeinschaft. Diese Aufgaben übernimmt der Wärter, der hoffentlich verantwortungsbewusst ist, für sie. Tiere im Zoo sind unreifer, blöder und träger als ihre Brüder in Freier Wildbahn. Deshalb wollen die Menschen im Fernsehen die Tiere in Freier Wildbahn, ihrer natürlichen Umgebung, sehen.

Man respektiert keine „Tiger im Käfig"; sie werden bestenfalls belächelt. Natürlich könnte man diese Tiger befreien. Leider würden sie in Freier Wildbahn nicht lange überleben, weil sie nicht gelernt haben Verantwortung für sich und ihre Gemeinschaft zu übernehmen. Es fehlt ihnen deshalb auch an Respekt gegenüber den Werten des Lebens, also den Dingen, die für die eigene Art wichtig sind. Menschen verhalten sich ähnlich. Wenn der natürliche Respekt für die Werte der eigenen Art und der Gruppenmitglieder untereinander fehlt, werden vom Menschen neue Werte erfunden.

Du kannst diese „natürlichen Alten Werte" und diese „Neuen Werte" gut unterscheiden, wenn Du darauf achtest, wer die Übertretungen ahndet. Entweder pocht der Mensch auf die Einhaltung der Gesetze oder die Schöpfung selbst. Wer leicht bekleidet durch den Winter fährt wird nicht von Menschen abgestraft, sondern von der Schöpfung. Wer stiehlt, wird von den Menschen abgestraft aber nicht von der Schöpfung. Wer sich gegen die Schöpfung auflehnt, sammelt Erfahrungen und weiß, wie er sich beim nächsten Mal verhalten sollte - wenn er überlebt - damit es ein gutes Ende nimmt. Wer sich gegen die Neuen Werte auflehnt, muss sich schämen, kommt ins Gefängnis und es werden Ängste im Menschen geschürt. Vielleicht wird der Mensch sogar wird vom Menschen getötet, weil eine Gesellschaft glaubt, jemand müsse sich selbst anstelle der Alten Werte setzen und Gerechtigkeit üben. Das ist natürlich völliger Größenwahnsinn und führt auch nicht zu einer Erfahrung. Durch den Tod eines Verbrechers soll die Angst vor ihm besiegt werden. Diese Angst kann man nicht besiegen, wenn man die Neuen Werte vertritt. Egal wie viele Menschen im Namen dieser Werte getötet werden.

VII

Du merkst selbst, dass Du unfrei bist, wenn Du Dich selbst, Deine eigenen Taten und Denkweisen betrachtet. Sieht es so aus, dass Du träge bist und viel versprichst und wenig tust? Sitzt Du am liebsten zu Hause und hast Deine Ruhe? Wie sieht es mit der eigenen Sexualität aus? Bist Du hierbei träge und lustlos und lässt Dir lieber erzählen wann und wo und mit wem Du Dich fortpflanzen solltest? Hast Du Ängste oder Erfahrungen? Bist Du in Sicherheit und fühlst Du Dich besonders wohl, wenn Du alles unter Kontrolle hast?

Natürlich birgt die Freiheit auch Gefahren. Man kann die Natürlichen Werte kennen lernen und natürlich auch dadurch sterben. Allerdings kannst Du daran auch erkennen, dass der Wert eines Lebens in der Schöpfung nicht besonders hoch angesiedelt ist. Es ist vielmehr die Fortpflanzung - der Sexualtrieb, die Vielfalt - die für die Schöpfung wichtig und maßgebend ist. Der Mensch, und auch alle anderen Lebensformen auf der Erde, hat seinen Lebenswillen also nur, damit er sich Fortpflanzen kann. Darüber hinaus kann der Mensch in seinen Grenzen natürlich auch die Sicherheit verstärken. Wer nie aus dem Haus geht, kann auch nicht überfahren werden. Er begibt sich hierbei in die Welt der Neuen Werte. Je mehr man die Neuen Werte lebt, desto unwichtiger werden die Natürlichen Alten Werte. Trotzdem muss der Mensch sterben. Wenn Du die Wahl hast, zwischen Erfahrungen und Ängsten, solltest Du eine weise Wahl treffen.

Egal wie sehr sich der Mensch von den Natürlichen Alten Werten abgrenzt, er wird sich früher oder später mit den Konsequenzen seiner Taten auseinandersetzen müssen. Man kann vor diesen Konsequenzen nicht davonlaufen, denn die Schöpfung ist überall. Die Ignoranz der Natürlichen Alten Werte führt zu einer kindischen Lebensweise. Was den meisten Menschen fehlt ist ein Plan der entschlossen durchgeführt wird. Viele Menschen gleichen spielenden Welpe, die sich von allem Möglichen ablenken lassen und nicht an ihr

Ziel kommen. Durch diese Haltung nimmt man sich vor lauter Ablenkung, Konsum und Ersatzbefriedigung die Möglichkeit, Ziele zu verfolgen. Letztlich müssen immer spektakulärere Ablenkungen geschaffen werden, damit der Welpe auch noch seine Befriedigung und scheinbaren Spass an der Sache empfinden kann.

Die heutigen Hunde wurden aus Wölfen gezüchtet. Diese Hunden kommen - aus Sicht des Wolfes - nie aus ihrem Jungwolfalter heraus. Egal wie alt sich der Hund fühlt, er wird kein Wolf. Vielleicht liegt es auch daran, dass der Hund auf den Menschen fixiert ist. Es ist nicht notwenig, und auch nicht erwünscht, dass der Hund selber jagt, selber etwas für seinen Lebensunterhalt tun muss. Er soll nicht von sich heraus Risiken eingehen; lieb sein reicht völlig aus. Hörigkeit allenthalben! Und diese Hörigkeit wird mit Lecker-lies belohnt. Man könnte fast meinen, das Lecker-lies würde aus dem englischen kommen: Leckere Lügen!

Mit einem souveränen freien Leben und der Muße, die schönen Dinge des Lebens zu genießen hat das nichts mehr zu tun. Genuss und Konsum sind Gegensätze; das Eine ist ist Masse, das Andere ist Klasse. Wer das Produkt ABC kauft ist „in" und toll. Wer es nicht besitzt, ist ein Langweiler. Welch eine verdrehte Welt, in der reife erwachsene Verhaltensweisen als langweilig dargestellt werden. Die Wirtschaft wäre ohne Welpen völlig erfolglos. Der Beginn des Königtums war der Beginn der ewigen Kindheit. Die Menschen wollten Landeskinder werden und gingen in den Besitz des Königs über. Er konnte mit ihnen machen, was er für richtig hielt. Er kümmerte sich um sie solange sie ihm huldigten und lieb waren. Welch grauen-

hafte Vorstellung: Ewige Kindheit! Dennoch will die Masse der Menschen Kind sein; sich sicher fühlen.

Im Licht betrachtet ist diese Lebensweise völlig abgehoben vom normalen Leben auf der Erde. Sie entfernt sich immer mehr von einem selbstbestimmten Leben mit Erfahrungen hin zu einem verängstigten Leben, das immer mehr Sicherheit einfordert. Trotzdem bleibt die Angst im Menschen; er kann die Angst damit nicht wirklich besiegen. Es ist töricht, Angst besiegen zu wollen. Bei Siegern und Verlierern braucht man beide Seiten: Also eben Siegen und Verlierer. Man braucht also die Angst, um sie zu besiegen und muss sie sogar noch erhalten, damit die Kämpfe des Lebens nicht sinnlos erscheinen. Es ist wie mit dem Menschen, der klatschend rumläuft. Ein Passant fragt ihn, was er da mache. Er erwidert, er verscheuche durch das Klatschen Elefanten. Der Passant schaut sich um und erklärt, dass er überhaupt keine Elefanten sehen könne. Daraufhin sagt der Mann überzeugt, „Siehst Du, es funktioniert!"

Der Mensch spielt nur noch verschiedene Rollen, lebt aber nicht mehr in der Wirklichkeit. Vielmehr versucht er die Wirklichkeit, seinen Vorstellungen von der Wirklichkeit, anzupassen. Der Mensch übernimmt die Denkweise seiner Wärter. Er verwechselt seine Vorstellung von der Wirklichkeit mit der Wirklichkeit. Die Wärter haben sich in die Denkweise des Menschen eingeschlichen und er will es nicht wahr haben. Wer denkt, dass sein Nachbar ein Dieb ist, wird alle Handlungen darauf münzen. Dieser Nachbar kann machen was er will, man unterstellt ihm womöglich noch, dass in seiner Mülltüte Diebesgut sei. Ein Mensch der davon überzeugt ist, dass seine Wärter nur das Beste für ihn wollen nimmt diese Dinge gar nicht mehr wahr. Er träumt sich seine Wirklichkeit und will nicht wissen, was wirklich ist und welche Möglichkeiten er hat. Weg aus dem Leben und hin zu den eigenen Vorstellungen. Man träumt sich die Welt schön. Wer diese Träume stört, hat die Mächtigen und auch die Träumer gegen sich, die auf die Einhaltung der Neuen Werte pochen. Das Problem dabei ist, dass die Schöpfung nicht auf die Einhaltung der Neuen Werte pocht. Deshalb müssen die Wärter selbst auf die Einhaltung der Gesetze pochen und Gefängnisse innerhalb der selbstgewählten Gefängnisse schaffen.

Wenn der Mensch sich in Sicherheit wähnt, verliert er den Respekt vor Anderen. Ebenso wenig wie der „Tiger im Käfig" respektiert wird, respektiert der Mensch den „Menschen im Käfig". Das führt zu dem Dilemma, dass sich die Menschen nicht mehr untereinander helfen sondern dominieren wollen. Durch die Verschiebung der Werte ergeben sich neue Machtstrukturen. Die neuen Herren wollen ihre Macht ausbauen und schaffen dafür weitere Neue Werte. Diese neuen Herren geben neue Sicherheit und erklären, dass die alte Sicherheit keine Sicherheit war. Natürlich war die alte Sicherheit keine, das ist so völlig richtig. Sie blenden zum Nachteil der Menschheit allerdings aus, dass die neue Sicherheit auch keine ist. Sie verschweigen es damit sie die neuen Wärter sein können. Der einzelne Mensch gibt an diese Wärter, wie der Tiger im Zoo, alle seine Möglichkeiten ab, außerhalb dieser Neuen Werte zu leben. Er könnte zwar noch in Freier Wildbahn leben, aber er möchte es nicht mehr. Er könnte zwar aus diesem Gefängnis rausgehen, aber er will es nicht mehr. Seine Nachkommen müssen das Leben in Freier Wildbahn erst wieder neu entdecken. Sie wissen nicht einmal, dass es dieses Leben gibt. Es wird ihnen einfach verschwiegen. Diese Generation der Käfigmenschen wird jeden auslachen, der in Freier Wildbahn leben will. Sie sind davon überzeugt, dass es so etwas gar nicht gibt, denn ansonsten hätten die alten Generationen davon erzählt und Legenden über sie erzählt.

Das ist der Preis der Sicherheit! Diesen Preis zahlt der Mensch seit vielen Generationen. Wer diese Gegebenheiten respektiert, versucht nicht andere zu wecken. Sie sind freiwillig ins Gefängnis gegangen, sie fühlen sich dort frei und sie wollen auch dort sein! Wer sie weckt wird von ihnen getötet.

In diesen Gefängnissen bilden sich die feinen Sitten. Man frisst nicht mehr rohes Fleisch sondern man brät es und isst am liebsten Ragout mit dem Löffel. Messer und Krallen sind verpönt. Wer den anderen nicht mehr respektiert muss sich erzählen lassen, wie man mit anderen Lebewesen umgeht. Sie nennen das Gesetze. Es geht dabei nicht mehr um das Gegenüber, oder den Respekt vor ihm, sondern es geht nur noch um die Einhaltung der Gesetze, egal wie unvernünftig sie sein mögen. Innerhalb dieses selbstgewählten Gefängnisses kann man sich völlig frei fühlen. Man erlebt das eigene Gefühl als Wirklichkeit. Dadurch werden die Alten Werte nicht verletzt und die Schöpfung greift nicht ein. Die Alten Werte werden vom Menschen vergessen und die Schöpfung auch. Man spricht nur noch von „den Werten". Wenn die Wärter ein Vergehen gegen die Neuen Werte eines anderen Wärters ignorieren, klagt man, „Warum hat Gott das zugelassen?". Die Frage könnte auch lauten, „Warum bist Du in Dein Gefängnis gegangen? Wieso glaubst Du, dass ein Wärter nach den gleichen Werten lebt, wie Du als Gefangener Deiner Selbst? Warum verstehst Du nicht, dass auch ein Wärter freiwillig im Gefängnis ist? Warum verstehst Du nicht, dass die Natürlichen Alten Werte in Deinem Gefängnis gar keine Rolle spielen. Du hast sie selbst aus Angst vor ihnen aus Deinem Leben verbannt!".

VIII

Kevin schaut den Alten Mann an und unterbricht ihn. „Wollen Sie, dass wir wieder wie Tiere werden und unsere guten Sitten und Gesetze vergessen? Dann können wir ja wieder Tiere jagen, rohes Fleisch fressen und uns gegenseitig die Schädel einschlagen. Darauf habe ich keine Lust! Immerhin haben wir es bei aller Unfreiheit doch zu einer großartigen Zivilisation gebracht. Die wäre ohne die Sicherheit der Sitten nicht denkbar! Allen geht es besser, Alle werden älter, Alle leben gesünder, ... Dadurch sind Alle zufrieden und glücklich! Niemand braucht die Gefahren die in der Natur lauern. Wir wären beinahe gestorben und haben einen guten Freund in der Kälte verloren! Und wenn Sie nicht gekommen wären, wären wir auch gestorben."

„Und was Du nicht verlieren kannst, wirst Du auch nicht wertschätzen. Wer schätzt das Leben noch, wenn es keinen Tod gibt? Es ist wie mit dem Tiger im Käfig. Das Leben, auch Dein Eigenes, wirst Du nur dann respektieren wenn Du die Erfahrung des Todes gemacht hast.", entgegnet der Alte Mann. „Man weiß nicht, was passiert, wenn man stirbt. Man

hat es nicht unter Kontrolle. Die Angst vor dem Tod ist eigentlich die Angst vor Kontrollverlust.

Der Tod ist frei und stark. Wir fühlen uns dagegen unfrei und schwach. Weil wir einen großen Überlebenswillen haben, glauben wir, wir müssten mit dem Tod kämpfen. Der Sieg ist das Leben und der Verlust ist der Tod. Glaube mir, es gibt schlimmeres als den Tod! Wer sich nach den Alten Werten richtet, fürchtet den Tod nicht. Die Alten Werte erklären uns, dass der Tod eine natürliche Sache ist. Wir müssen nicht gegen ihn kämpfen sondern mit der Gewissheit seines Daseins leben. Erkenne Deine Sterblichkeit an und erfreue Dich an Deinen Tagen. Du kannst Dein Leben jederzeit verlieren, ist das nicht wunderbar? Durch diese Einstellung wird jede Sekunde einmalig und Du hast die Möglichkeit Deine Tage zu füllen und Dich an ihnen zu erfreuen. Es ist wie mit dem Essen. Irgendwann hat man keinen Hunger mehr. Je mehr man isst, desto dicker wird man und außerdem wird einem fürchterlich schlecht! Unser Lebenshunger gleicht einem Menschen, der bei Tisch nicht mehr aufhören kann zu essen. Das mag den Neuen Werten entsprechen, aber es ist unsinnig und widerspricht den Alten Werten. Die Schöpfung geht ihren Weg, ob wir das nun anerkennen wollen, oder nicht! Jedes Leben endet mit dem Tod.

Vielleicht werden sich in ein paar Jahren ein paar Zellen Deines eingebildeten Ichs, das Du Deine Persönlichkeit nennst, in einem anderen Lebewesen treffen und sich sagen, dass es bei Dir besonders schön gewesen ist, bevor sie selbst sterben und wieder zu einer anderen Zelle werden. Es mag sein, dass Du wirklich etwas Besonderes bist, weil Du das

Glück hattest, Deinen Zellen eine besonders schöne Zeit zu bescheren. Trotzdem wird sich nichts an der Tatsache ändern, dass das Leben immer wieder neu geboren wird. Die ewige Erneuerung stellt einen Alten Wert dar. Hierbei geht es nicht um die Dauer sondern um die Vielfalt. Das Leben wurde Dir geschenkt, es ist ein Teil dieser Vielfalt. Nutze es und erfreue Dich an Deinen Möglichkeiten. Selbst wenn Du glaubst, Du würdest etwas geben, ist es doch immer das Leben das, in diesem Fall durch Dich, gibt. Es geht auch nicht um Dich persönlich, missverstehe das nicht! Es geht um die große Vielfalt. Deine Existenz ist nur Dir selbst wichtig, damit die Vielfalt entstehen kann.

Wenn Du die Dinge lieber einfacher haben willst, dann gehe ein paar Millionen Jahre in der Evolution zurück. Irgendwann kommst Du zu einem ersten Einzeller. Dem

Vorfahren aller lebenden Wesen. Es ist der Vorfahr der Tiere und Pflanzen und auch der Menschen. Wir kommen alle aus dem selben Tümpel. Und wenn Du noch mal ein paar Millionen Jahre zurück gehst und die Erde betrachtest, kommen wir alle von Mutter Erde. Wir sind alle aus dem gleichen irdischen Material. Es gibt gar keine so großen Unterschiede zwischen Tieren, Pflanzen, Steinen und Menschen. Und wenn Du auf den Beginn des Weltalls kommst, wirst Du erkennen, dass alles was Du siehst aus einer Quelle kommt. Selbst die Planeten kommen aus der gleichen Quelle wie Du selbst!"

„Was Deine Kultur angeht", erzählt der Alte Mann weiter, „bist Du auch nicht viel weiter als Deine Vorfahren vor ein paar tausend Jahren. Könntest Du Dir selbst Plastik oder Eisen kochen und daraus ein Auto bauen? Wohl eher nicht! Du lässt Dir Deine Sachen von Deinen Wärtern geben. Wenn Du frei wärest, würdest Du die Dinge benutzen und Dich nicht von den Dingen benutzen lassen. Es müsste keine großen Marketingabteilungen geben, die Dir vorschreiben wollen, was Du heute kaufen und gut finden sollst. Du würdest selbst eine Vorstellung haben und Dir Dinge, die Du wirklich brauchst, selbst bauen oder einfordern.

Letztlich ist Dein Leben nur ein Gefühl. Was brauchst Du wirklich, um zufrieden und glücklich zu sein? Weißt Du überhaupt noch, was Dich wirklich zufrieden macht, oder lässt Du Dir auch das von einer Marketingabteilung eines Kaufhauses diktieren? Die Menschen waren vor ein paar tausend Jahren glücklich und zufrieden und sie können es auch heute sein. Wo ist der Unterschied? Die Zivilisation konnte die Lebenszeit verlängern; durch die Neuen Werte wurde Sicherheit vorgetäuscht, und die Menschen haben scheinbar ein einfacheres Leben. Wusstest Du, dass ein Neandertaler zwar nur 20 Jahre alt wurde aber lediglich zwei Stunden am Tag für die Beschaffung seiner Nahrung und der Dinge des täglichen Bedarfs benötigte? Was würdest Du machen, wenn man Dir das antäte? Du würdest vor Langeweile sterben! Die ganzen Kisten voller Ersatzbefriedigungen würden aus Deinem Leben getragen und Du müsstest Dich fragen, was Dir wirklich wichtig ist. Eine furchtbare Vorstellung, oder? Und was noch viel schlimmer ist, Du müsstest für die Dinge die Dir wirklich wichtig sind kämpfen. Notfalls sogar Dein eigenes Leben aufgeben, damit das, was wirklich für Dich zählt, weiterleben kann. Du müsstest für Deine Überzeugungen eintreten und die Dinge in Deinem eigenen Leben in die Tat bringen und beim Namen nennen. Es würde nicht mehr darum gehen, was Andere machen; es würde auch nicht mehr darum gehen, Andere zu missionieren sondern es geht hierbei nur um Dich und um Dein eigenes Leben. Und wenn Du zufrieden und glücklich bist, mit dem was Du erreicht hast, ist Alles in Ordnung. Und wenn sich viele glückliche zufriedene Menschen zusammentun und eine Gesellschaft bilden, können sie auch glücklich und zufrieden sein, wenn es einer anderen Gesellschaft, die sich vor dem Tod fürchtet, nicht gefällt. Diese Gesellschaft muss nur sorgsam darauf achten, nicht in den Glauben zu verfallen, man müsse sich ablenken und alle anderen Menschen auf den selben Weg bringen. Sie muss begreifen, dass man nicht glücklich und zufrieden auf Kosten anderer Menschen sein kann. Du brauchst keine Neuen Werte, Du brauchst Werte die Dir selbst etwas bedeuten und die Du leben kannst. Wenn Du sie nicht lebst, werden auch neue Neue Werte nichts ändern. Missionarisch auf Kosten Anderer leben bedeutet, Du schafft Dir neue Wärter die sagen, wie diese Neuen Werte gelebt werden sollen.

Du siehst, Du hast Deinem Leben durch Deine Zivilisation zwar mehr Jahre gegeben, aber Du hast dabei die Alten Werte vergessen und die Jahre nicht mit mehr Inhalt füllen können. Du hast lediglich an, wie Du es nennst, Sicherheit gewonnen. Deine Angst hat Dich blind gemacht für das Leben, weil Du Deine Ängste einfach ausblendest; sie nicht mehr sehen willst. Dein Wahn, Du müsstest Alles und Jeden kontrollieren hat Dich versklavt. Haben Dich Deine ganzen Ängste heute Abend im Schneesturm weitergebracht? Was ist mit Deinen

Neuen Werten passiert, als Du sie mit den Alten Werten konfrontiert sahst? Konnten Dir die Menschen mit den Neuen Werten, die Du angerufen hast, helfen oder hatten sie Angst sich mit der Realität - mit den Alten Werten - zu konfrontieren?

Angst, nicht Erfahrung, ist der Ratgeber Deiner Zivilisation. Ohne Angst würde Deine Zivilisation gar nicht funktionieren. Du würdest einfach aus Deinem Gefängnis gehen und die Wärter stehen lassen. Es ist ihre Bürde sich auch um ein leeres Gefängnis kümmern zu müssen! Die Wärter haben Angst vor der Einsamkeit. Deshalb wollen sie, dass Du Angst hast und bei ihnen bleibst. Sei gnädig mit ihnen. Sie meinen es gar nicht böse! Sie tun Alles was in ihrer Macht steht, damit Du ihrer Vorstellung eines glücklichen Lebens gerecht werden kannst. So lange Du diese Vorstellung Deiner Wärter annimmst, ist

Alles in bester Ordnung und Du spielst Deine Rolle des glücklichen Menschen. Wenn Du selbst leben willst, musst Du Dir im klaren darüber sein, dass Du schnell sterben kannst. Die Wärter werden Dir dann keinen Schutz mehr geben. Du gibst Ihnen nicht mehr die Sicherheit ihre Einsamkeit zu vertreiben. Die Wärter werden sich in Ihrer Arbeit missverstanden fühlen und sind tieftraurig und enttäuscht von Dir. Sie werden Dich undankbar schimpfen. Du bist ab diesem Zeitpunkt auf Dich allein gestellt und voll verantwortlich für Deine Taten. Es wird dann kein zurück mehr geben. Wenn Du Dich gegen die Alten Werte stellst, wirst Du bestraft und wenn Du Dich gegen die Neuen Werte stellst, wirst Du auch bestraft! Wenn Dir Deine Freiheit etwas bedeutet, dann verlasse Dein Gefängnis. Du wirst dabei nichts gewinnen, es wird auch nicht irgendwie besser. Es wird lediglich anders sein als Du es gewohnt bist. Wahrscheinlich wird es für Dich sogar schwieriger werden und Dein Leben erscheint Dir plötzlich völlig wirr.

Der Mensch muss sich von der Idee der perfekten Sicherheit, seinem Kontrollwahn verabschieden. Vielmehr sollten wir natürlich handeln. Mit jeder Entscheidung sollten wir die Summe unserer Möglichkeiten vermehren. Das natürliche Leben mit der Vielfalt lehrt uns diesen Weg. Je mehr Möglichkeiten wir haben, desto größer wird natürlich auch die Wahrscheinlichkeit, dass wir auch Fehler machen. Aber mal ehrlich, sind wir Menschen wirklich in der Lage das Leben so zu durchblicken, dass wir von vornherein sagen können, dass eine Entscheidung falsch ist? Wohin führt uns diese falsche Entscheidung am Ende? Die Natur des Lebens zeigt uns letztlich immer wieder, dass die Fehler dazu führen, dass unter dem Strich ein positives Ergebnis erscheint. Wäre es anders, könntest Du mich gar nicht hören und sehen, denn Du wärest tot. Die Fehler neutralisieren, bzw. vernichten sich in einem positiven Umfeld selber. Insofern ist selbst der Tod des Menschen eine positive Veränderung im natürlichen Geschehen. Alles verändert sich - natürlich auch der Mensch!

Ich weiß, Du ängstigst Dich vor Veränderung! Deshalb willst Du einen Zustand erhalten, den Du scheinbar durchblickt hast. Du hast Dir viel Mühe gegeben etwas zu lernen und dann willst Du daran festhalten. Dieses Verhalten ähnelt einem Schimmer in einem großen Fluss, der irgendwann als er pausieren wollte nach einem dicken schweren Stock gegriffen hat. Er weiß, dass gleich Stromschnellen kommen und ihn dieser Stock wahrscheinlich umbringen wird. Eigentlich ist er auch gar nicht mehr erschöpft. Trotzdem lässt er ihn nicht los! Er hat sich an den Stock gewöhnt und das Vertrauen in sich selbst und seine eigenen Fähigkeiten verloren. Er glaubt, dass dieser Stock etwas Gutes für ihn wäre. Sinnvoller wäre es natürlich den Stock einfach loszulassen, ans Ufer zu Schwimmen und die Stromschnellen zu Fuß zu umgehen. Dennoch kommt der Schwimmer gar nicht auf die Idee weil er so auf seinen Stock fixiert ist. Wenn er einfach loslassen könnte und die Dinge geschehen lassen würde, wenn er Dinge tun würde, die er noch nie getan hat, dann würde er sich seiner eigenen Stärken bewusst werden und könnte sich auch wieder vertrauen. Er würde Dinge erleben, die er noch nie erlebt hat.

Der Schwimmer sollte zufrieden und ruhig auf dem

Wasser mit dem Fluss schwimmen, mit Muße das Ufer betrachten und wenn es ihm gefällt, zur Rechten Zeit mit Kraft und Durchsetzungsvermögen ans Ufer schwimmen. Hektischer Aktivismus schadet ihm dabei selbst am Meisten - vor allem vor oder in einer Stromschnelle. Es ist besser nichts zu tun als mit viel Mühe nichts zu schaffen!

IX

Der Alte sieht auf die müden Jungen und lächelt ihnen freundlich zu. „Ich glaube, Ihr habt heute schon genug erlebt und gehört. Es ist Zeit für Euch zu schlafen. Morgen ist ein Neuer Tag! Ich bringe Euch dann auf Eure Straße nach Hause." Der Alte Mann sieht auf die drei Äpfel auf dem Tisch. Sie liegen immer noch dort: Der grüne, der Rote und der Verschrumpelte. „Ich weiß, auf welchen Apfel Du Appetit hast. Du würdest gerne den Roten essen. Welchen Apfel würdest Du im Boden vergraben, damit er zu einem Baum wird? Welcher Apfel würde irgendwann reife rote Früchte tragen, die Du essen könntest? Man sollte von den Dingen die man hat immer wieder etwas vergraben, damit es neue Früchte bringt! Die alten verschrumpelten Äpfel willst Du ja ohnehin nicht mehr selber essen." - „Ich gehe noch mal Holz holen, damit Ihr es schön warm habt!", sagt der Alte. Dann zieht er sich sorgsam seine Strickjacke an; darüber seinen derben Wollmantel. „Nichts haftet an! Jeder entscheidet selbst, was er mitnimmt und wo er sein will! Jeder Mensch muss selbst entscheiden, was er selber tragen möchte oder welchen Esel er es tragen lässt. Es liegt in der eigenen Verantwortung", sagt er und geht aus der Hütte. „Ich werde ihn immer wieder besuchen", nimmt sich Kevin vor. Dann fallen ihm vor Müdigkeit die Augen zu.

X

Kevin wird wach. Langsam öffnet er die Augen. Die Sonne scheint ihm warm vom Blauen Himmel ins Gesicht. Er muss die Augen zusammenkneifen, so hell ist es. Vom Schneesturm ist nichts mehr zu seh-en. Über ihm liegt eine warme Strickjacke und ein derber Wollmantel. Sie riechen etwas muffig. Alex liegt neben ihm und schläft noch. Die Seitenscheiben des Autos sind noch vereist. Einzelne Tropfen rinnen die Scheibe runter und zerstören die schönen Eisblumen der Nacht. Kevin schaut verwirrt um sich. Heiner liegt halb auf Alex und schnarcht. Eine Hand hat er in die Höhe gestreckt und Kevin liest auf seiner Hand: „Hilfe! Rette die Freunde! Hauptstraße 4 bei Kilometer 357.“

Kevin schreit vor Freude auf und weckt damit seine beiden Freunde. Es sprudelt einfach so aus ihm heraus, „Heiner, Du lebst! Gott sei Dank! Ich dachte schon, Du wärest tot! Wo hast Du diese alten Klamotten her? Ich hatte einen seltsamen Traum. Ich muss ihn Euch unbedingt erzählen." Heiner erklärt, „Ich war auf dem Weg in die nächste Stadt. Aber irgendwie habe ich den Weg nicht gefunden und mich verlaufen. Plötzlich lag da im Schnee ein Toter. Ich hatte furchtbare Angst. Aber ich wollte doch, dass Ihr lebt. Ich hatte Angst, dass Ihr erfrieren könntet. Und da habe ich meine Angst überwunden und nachgesehen, was wir gebrauchen können. Es war sowieso nur ein Alter Mann. Er hat sein Leben gelebt und sich wohl im Schneesturm verirrt. Er muss schon lange tot gewesen sein, als ich ihn gefunden habe. Er war wie ein Eiszapfen völlig starr. Vielleicht ist er auch schon vor dem Schneesturm gestorben. Keine Ahnung! Muss wohl ziemlich blöd gewesen sein, dieser Alte, bei diesem Wetter freiwillig draußen rum zu stapfen! Ich nahm mir seine warme Kleidung und kam zu Euch. Ihr ward am Schlafen und ich wollte Euch nicht wecken. Also habe ich mich zu Euch gelegt, uns zugedeckt und bin dann wohl auch eingeschlafen. Mensch, bin ich froh, dass Ihr lebt und aufgewacht seid! Ihr wisst gar nicht, was ich für eine Angst um Euch gehabt habe!" Kevin schaut Alex an. „Hattest Du auch so einen komischen Traum?" Alex antwortet nicht. Er ist schon wieder eingeschlafen. Auf seinem Gesicht sehen Kevin und Heiner ein zufriedenes glückliches Lächeln. „Lass ihn schlafen!", sagt Kevin. „Ja, er ist bestimmt noch sehr müde", stimmt Heiner zu.

Kevin startet das Auto und fährt los. Die Straßen sind völlig frei. Schnell erreichen sie ihren Ausgangspunkt in der Stadt. Sie bringen Alex nach Hause, legen ihn in sein Bett und decken ihn gut zu, damit er es warm hat. Es soll ihm an nichts fehlen. Kevin schaut noch mal auf Alex und flüstert: „Schlaf gut, Alex! Danke für Alles!" Alex muss wohl etwas wahr genommen haben, denn er grunzt zufrieden im Schlaf. Sein Gesicht ist erfüllt von einer selbstzufriedenen Fröhlichkeit. Kevin und Heiner werfen noch einen letzten prüfenden Blick auf ihren Freund. Hat er Alles, damit es ihm auch gut geht? Es erscheint Ihnen alles in Ordnung. Dann gehen sie aus dem Haus und machen die Haustür leise hinter sich zu. „Was machen wir eigentlich jetzt mit dem alten Mantel?", will Heiner wissen. „Sollten wir nicht zur Polizei gehen und melden, dass ich dem Toten die Kleider gestohlen habe?" Kevin sieht Heiner lange an und lächelt. „Nein, dass ist nicht schlimm! Er hätte sich gefreut, wenn er gewusst hätte, dass uns dieser Mantel gewärmt hat. Er wäre glücklich, wenn er wüsste, dass wir dadurch leben können." Um die Ecke taucht ein Bettler auf. Langsam kommt er auf die Beiden zu und lächelt sie freundlich an. Kevin sieht, dass er friert. Er schlägt sich mit den Händen auf die Oberarme. Sein Atem dampft durch die Luft. Kevin lacht und geht auf den alten Mann zu. „Möchtest Du diese alten Klamotten haben? Wir brauchen sie nicht mehr!" Der Bettler freut sich und zieht sich sorgfältig die Strickjacke an; dann streift er den Wollmantel darüber. „Danke, Bruder!" sagt er und geht seiner Wege. Kevin blickt ihm nach. „Wenn man einen Esel gefunden hat, sollte man ihn auch seine Dinge tragen lassen!" Verständnislos schaut ihn Heiner an. Ob Kevin in der kalten Nacht irgendwie etwas abbekommen hat? Vielleicht sollte er ihm sagen, er solle mal zu einem Arzt gehen. Nur so zur Sicherheit!

„Wenn Du magst, kannst Du mit zu mir kommen.", sagt Kevin wie zu sich selbst. „Ich gehe jetzt zur Bushaltestelle und fahre nach Hause!" Ein paar Ecken weiter hätte er einen Bettler sehen können, der sich kaum noch halten kann. „Die Alten Werte ...", ruft er lachend und tanzt auf der Straße. „Ich alter Esel!", prustet er noch, als er der Stadt laut lachend den Rücken kehrt und sich in Richtung Waldrand entfernt.

XI

Ich glaube nicht, dass diese Geschichte wirklich so passiert ist. Ein Wächter hat sie mir erzählt, als er mal wieder besoffen in meiner Zelle lag und eine lockere Zunge hatte. Er hat mir auch erzählt, dass die Wärter Kevin seit dieser Zeit nicht mehr gesehen haben. Heiner kam wohl ab und an vorbei und hat sich nach seiner Zelle erkundigt und ihnen beim Saubermachen geholfen. Die Wärter mochten ihn gern! Der Alte Mann war ihm völlig unbekannt. Ein anderer Wächter hat mir im Vertrauen erzählt, dass er schon mal von einem Alten Mann zugedeckt worden wäre, als es ihm in der Nacht kalt geworden war und er besoffen auf seinem Bett gelegen hatte. Es wäre ein seltsamer Typ, mit alten Klamotten und einem derben Wollmantel. Ich glaube dem Wärter nicht! Er erzählt nur Gruselgeschichten. So wie alle Wärter!

Ich habe allerdings den Eindruck, dass die Wärter Angst vor dem Alten Mann haben. Sie bezeichnen ihn als hemmungslosen undankbaren Egoisten, weil er sie allein lassen würde. Er hält sich wohl an keine Spielregeln und hängt seinen eigenen Ideen nach. Ich wundere mich darüber, dass die Wärter jeden Abend so viel trinken. Scheinbar schlafen sie nicht mehr so gut seit der Alte Mann in der Gegend gesehen worden ist. Wir müssen uns auch neuerdings in der Zelle einsperren, damit uns niemand in der Nacht belästigen kann. Die Zellen werden alle videoüberwacht, damit uns nichts passiert und wir in Sicherheit sind. Ein paar Wärter müssen jetzt abends nüchtern bleiben und das Gefängnis überwachen. Sie tun mir wirklich leid! Sie wissen vor lauter Arbeit zu unserem Wohl gar nicht mehr wo Ihnen der Kopf steht. Demnächst will man zu unserem Besten Gedankenkontrolle einsetzen, damit wir noch glücklicher aussehen. Wir können den Wächtern wirklich dankbar sein. Sie geben sich so große Mühe und passen auf, dass uns nichts passiert wenn wir schlafen.

Ich empfinde sie sehr fürsorglich und verantwortungsbewusst, obwohl ich weiß, dass sie das nicht ganz selbstlos tun. Ich spiele meine Rolle wohl gut und sie kommen gerne zu mir, weil ich so glücklich aussehe.

Draußen ist es immer noch kalt. Na ja, es ist eben Winter. Der Wächter auf meinem Bett kauert sich zusammen weil es ihn friert. „Ich decke ihn wohl besser noch zu. Sonst wird er morgen mit einer schönen Erkältung wach werden. Ein wirklich netter Kerl!" Ich nehme mir meinen Mantel vom Haken, lösche das Licht und schließe die Zelle leise hinter mir. „Schlaf gut! Träum was schönes, Bruder!", flüstere ich dem Wächter noch zu.

So, nun ist es aber Zeit, dass ich auch wieder nach Hause gehe. Es war ein langer Tag. Der Schneesturm hält nun schon den ganzen Tag an. Ab Morgen soll es wieder wärmer werden. Ich werde mich dann wieder um meinen Garten kümmern können. Ich freue mich schon auf die Apfelernte. Meine Bäume schenken mir immer so wundervolle saftige rote Äpfel! Ich habe mich den ganzen Winter um die Wärter gekümmert. Wer sollte ihnen sonst etwas zu essen machen und um sie Sorge tragen? Sie achten nicht auf sich und sie gehen respektlos mit sich und Anderen um. Sie wissen es nicht besser. Sie machen das jetzt schon so viele Generationen! Wenn ich mich nicht um sie kümmere, werden sie von den Alten Werten aufgefressen. Und sie sind so einsam und verletzlich. Wenn ich in ihre großen verängstigten Augen sehe, muss ich ihnen einfach helfen! Meine Mutter findet es auch gut, dass ich meinen Brüdern helfe. Mein Vater schaut ab und an auf mich herunter und freut sich, dass es seinen Kindern gut geht. Ich lächele in den Himmel und Danke meinem Vater für diesen schönen Tag. „Mutter, musst Du wirklich dieses Wetter schicken? Ich will nach Hause. Also bitte, es ist Zeit für eine warme Vollmondnacht!", sage ich und schaue auf die Erde. „Morgen früh würde ich mich freuen, wenn ich einen blauen Himmel sehen könnte aus dem mich die Sonne anlacht!" Ich bin meiner Mutter wirklich dankbar. Manchmal schickt sie mir sogar das Wetter, das ich mir bei ihr erbitte.

XII

Plötzlich sehe ich am Waldrand einen Menschen durch den Schneesturm laufen. Er ist ganz aufgeregt. Ich kenne ihn aus dem Gefängnis. Es ist Heiner. „Was machst Du denn hier?", frage ich ihn. Heiner erzählt mir eine wirre Geschichte von einem Auto, das sich im Schnee festgefahren hat. Ich schaue auf meine Uhr. Es ist schon spät. Ich will eigentlich nach Hause und strecke Heiner die Hand zum Abschied hin. Dabei bricht Heiner zusammen. Die Kälte hat ihn völlig fertig gemacht. Irgendwas ist auf seine Hand gekritzelt. „Lass mich mal sehen", sage ich und mache mir meine Taschenlampe an, um besser lesen zu können. „Hilfe! Rette die Freunde! Hauptstraße 4 bei Kilometer 357", steht da. Ich flöße Heiner erst mal einen heißen Tee ein, damit er wieder zu sich kommt und wickele ihn in meinen Mantel ein. Als er wieder bei sich ist, habe ich schon ein Feuer angemacht. „Wer hat mir diesen Mantel gegeben?", fragt Heiner. Was soll ich ihm sagen? Es würde ihn bestimmt traurig machen, wenn ich ihm sagen würde, dass mir ziemlich kalt ist. Also sage ich ihm, „Du hast mir eben erzählt, Du hättest ihn einem Toten ausgezogen, der da hinten im Feld gelegen hat. Sag mir, was Dir passiert ist. Warum bist Du in diesem Wetter unterwegs?". Heiner erklärt mir, so gut wie er kann, die Situation und bittet mich um Hilfe. „Gut", sage ich, „aber Du musst mir versprechen, dass Du Dich ab und an um die Wärter kümmerst und Ihnen beim Saubermachen der Zellen hilfst. Es sind nette Burschen und die Menschen brauchen sie. Viele Menschen würden ohne sie gar nicht mehr zurecht kommen." Ich bin mir sicher, dass Heiner nicht wirklich begreift, was ich ihm erkläre, aber er verspricht mir hoch und heilig, dass er ab und an nach dem Rechten sehen wird. Er ist zwar etwas blöd, aber eine ehrliche Haut. Ich glaube ihm, dass er tut was er sagt. Außerdem ist er auch zu blöd zu begreifen, was die Wärter ihm sagen und nur deshalb läuft er hier frei herum. Wahrscheinlich muss man ein Narr sein, oder blöd, um ein freies ei-

genverantwortliches Leben zu führen.

„Wie blöd muss man sein, um frei zu sein, Vater?", will ich fragen, doch es gibt Wichtigeres. Ich kenne die Antwort ohnehin schon. Meine Mutter würde mir lang und breit zeigen, dass sie keine blöden Kinder hat. Sie hat mir schon Beizeiten beigebracht, dass ich nicht Alles nach meinem Maßstab werten soll. Alles hat auch unabhängig von mir seinen eigenen Sinn. Sie hat mir mal gesagt, ich wäre gut und die Anderen wären es eben auch. Mein Maßstab ist nicht besser oder schlechter als der meiner Brüder und Schwestern sondern es sei eben mein Eigener. Ich kann meinen Maßstab nicht dadurch verändern indem ich den Maßstab eines Anderen verändere. Wenn ich meinen eigenen Maßstab verändern will, muss ich natürlich meinen eigenen Maßstab verändern. Mir hängen diese

Diskussionen zum Hals raus. Deshalb fange ich sie erst gar nicht und zwinkere meinem Vater zu. In dieser Hinsicht verstehen wir uns. Er diskutiert auch nicht gerne mit meiner Mutter.

XIII

„Wie finden wir jetzt meine Freunde?", unterbricht Heiner meine Gedanken. „Heiner, Du bist ja etwas blöd, deshalb ist es Dir möglich, die Dinge intensiver zu fühlen. Das ist für Dich von Vorteil!", erkläre ich ihm wohl Wissend, dass sich jetzt erst mal eine Diskussion ergibt. „Wie meinst Du das?", fragt mich Heiner arglos. „Um sich zu finden muss man wissen auf welcher Landkarte man steht und man muss drei Referenz-, bzw. Bezugspunkte haben. Einen kennst Du, wenn Du weißt, wer Du bist. Früher haben die Menschen gesagt, „Erkenne Dich selbst". Das ist natürlich nur ein Anfang.

Du brauchst wie gesagt drei Punkte. Wenn Du weißt, wo Du stehen könntest und wenn Du fühlst, wo Du stehen willst, und erkannt hast, was Du tust, weißt Du wo Du in Deinem Leben stehst. Du verbindest einfach Deinen Willen mit Deinen Taten und erhältst eine Linie. Wenn Du anschließend eine Linie von Deinem Können zu Deinen Taten ziehst, erhältst Du im Kreuzungspunkt Deinen Standpunkt innerhalb Deines Erlebens." Heiner schaut mich verständnislos an. „Und was ist, wenn ich da bin wo ich sein will und sein kann?", fragt er. „Dann hast Du den Nullpunkt, den Mittelpunkt Deines Lebens gefunden. Von ihm aus kannst Du sagen, ob etwas passend oder unpassend für Dich in Deinem Erleben ist.

Diese Idee kann man natürlich auch größer setzen. Wenn Du Dich gefunden hast, kannst Du Dich aufmachen die Anderen zu suchen. Dazu musst Du Dich frei von Ängsten machen. Du findest den Anderen nur, wenn Du keine Angst vor ihnen hast. Du musst sie so tolerieren, wie sie eben sind, solange sie Dich nicht von dem Standpunkt verdrängen, den Du für Dich selbst gefunden hast. Du brauchst davor keine Angst zu haben! Niemand kann Dich verdrängen, wenn Du es nicht zulässt. Die Anderen haben wie Du einen Standpunkt, der sich aus ihren Taten, ihrem Willen und ihrem Können ergibt. Wenn Du also die Anderen gefunden hast, hast Du auch schon wieder eine Linie. Je weiter sie von Deinem Standpunkt entfernt sind, um so Einfacher wird es für Dich. Du weißt, wenn alles auf einem Punkt ist, weißt Du noch nicht wo Du stehst. Du findest dadurch nur Deinen Mittelpunkt, aber nicht Deinen Standpunkt. Allerdings kannst Du Dich, selbst wenn die Anderen weit von Dir entfernt stehen, noch nicht finden, weil Dir eine entscheidende Linie fehlt um einen Kreuzungspunkt zu bekommen.

Um die letzte entscheidende Linie zu erhalten, musst Du die Ursache der Naturgesetze finden." - „Das ist ja blöd.", meint Heiner. „Dann kann ich ja sofort aufgeben. Das schaffe ich nie! Selbst wenn ich sie finden würde, würde ich sie nicht verstehen. Es war schon schwer genug für mich, Dich hier draußen zu finden! Und ich verstehe schon nicht, was Du mir sagst. Bring mich um Gottes Willen einfach zu meinen Freunden." - „Genau, Heiner. Damit hast Du den Dritten Punkt für Deine zweite Linie gefunden!

Gott ist nicht mehr mit dem Verstand zu fassen. Gott ist ein Gefühl, das jedem Menschen innewohnt. Es ist der Kern unserer Existenz. Deine Seele befindet sich nicht innerhalb des Körpers sondern Dein Körper befindet sich innerhalb Deiner unsterblichen Seele. Jeder Mensch hat das Gefühl dieses göttlichen Funkens in sich. Deshalb hast Du ihn auch eben angerufen."

„Aha", sagt Heiner, „das kann ich jetzt verstehen. Aber wenn Gott in mir ist, und auch in den Anderen, wie sollen wir jetzt eine Linie bekommen?" - „Ups, so blöd ist er ja gar nicht", denke ich. Laut sage ich zu Heiner, „So wie Dein Können von Deinem Verstand abhängt und Dein Wille von Deinem Gefühl ist der Standort Gottes für Dein Gewissen spürbar. Dort wo Dein Gewissen den Willen Gottes spürt, ist der Startpunkt für Deine Zweite Linie. Ziehe sie auf Dich und Du erkennst Deinen Standpunkt im Leben. Damit kannst Du erkennen, was in Deinem Leben richtig und falsch ist.

Und der Witz dabei ist, wenn Du Deinen Standpunkt in Deinem Erleben und den Standpunkt in Deinem Leben kennst, kannst Du die Punkte wieder mit Dir verbinden und erkennst die Ursache der Naturgesetze und auch den großen Zusammenhang zwischen Gott und Dir selbst. Also jedenfalls dann, wenn Du weißt, auf welcher Landkarte Du stehst. Sonst ist es nutzlos. Du kennst dann zwar Deinen Standpunkt allerdings weißt Du nicht wo er sich befindet. Wenn Du den Eindruck hast, dass Dein Gewissen und der Wille Gottes und Dein Standpunkt auf einen Punkt fällt, kannst Du wenigstens erkennen, was Gut und Böse in Deinem Leben ist. Dadurch musst Du Dir nicht von Anderen sagen lassen, was angeblich Gut und Böse sein soll."

Heiner schaut mich freundlich an. „Das ist ja super! Dann kann ich meine eigene Religion machen?" - „Wenigstens eine Religion die für Dich in Deinem Leben maßgebend ist. Du weißt ja jetzt, dass das Missionieren dieser Religion dazu führen würde, dass sich Dein Standpunkt verändern würde. Denn je mehr Gläubige Deiner Meinung wären, desto weniger könntest Du Deinen Standpunkt finden. Dein Mittelpunkt würde immer mehr in den Vordergrund rücken. Aber damit kannst Du nicht wirklich viel anfangen; den hast Du ja dann ohnehin schon gefunden! Es wäre sogar schlecht, denn Du würdest damit verhindern, dass die Anderen ihren Standpunkt finden können."

XIV

„Dann lügen also die Religionen und liegen falsch?", fragt Heiner. Eine ehrliche Frage, denke ich. „Dadurch, dass die Religionen immer mehr zum Mittelpunkt vieler Menschen werden, die

gleich denken und fühlen, können diese Menschen nicht mehr den Standpunkt Gottes erspüren. Sie lassen sich von ein paar Mächtigen sagen, wo der Standpunkt Gottes zu sein hat. Die Standpunkte der Gläubigen und der Eigene liegen dadurch zu nah beieinander. Die Religion wird spätestens ab dann nur noch von Mächtigen benutzt, denen die Idee des Standpunkts egal ist. Diese leere Religionshülse wird nur noch eingesetzt um die Gläubigen zu dominieren. Die Gläubigen selbst ziehen keine eigenen Linien mehr. Wenn Du selbst durch die Religion Gott erfahren willst, kannst Du das nur schaffen, wenn Du die Religion als einen Punkt außerhalb von Dir selbst begreifst.

Eigentlich sollte ein Gläubiger von der Religion befreit werden, um selbst den eigenen Standpunkt im Leben zu erkennen. Es liegt also nicht an den Religionen an und für sich, sondern an den Mächtigen, die den Gläubigen verbieten sich zu befreien. Diese falschen Missionare wollen nicht das Beste für die Menschen sondern das Beste für sich selbst oder für ihre Religion. Der Bezug des einzelnen Gläubigen zu Gott ist gar nicht mehr wichtig. Es wird vorgetäuscht, dass es einen Bezug zwischen der Religion und Gott gäbe. Dadurch bricht eine wichtige Linie, die den Kreuzungspunkt bildet, weg. Vergiss also nie, ein Gläubiger zu sein aber vermeide dabei die religiösen Institutionen, die Dir nicht weiterhelfen können.

Du kannst zwischen zwei Punkten keine Kreuzung finden. Das ist einfach nicht möglich, da mögen die Gläubigen noch so sehr beten und hoffen. Es gelänge nur, wenn eine Religion die Anderen finden würde. Doch sie lehnen sich untereinander ab und versagen sich damit selbst den wich-

tigen Kreuzungspunkt. Dadurch wird eine Erkenntnis unmöglich gemacht. Je mehr Dein Verstand bei einer Religion sagt, jenes ist richtig und jenes ist falsch, und je weniger Dein Gefühl an der Sache beteiligt ist, desto sicherer kannst Du Dir sein, dass Du auf diesem Weg keine Gotteserfahrung machen wirst. Höre auf Dein Gewissen, es wird Dir den richtigen Weg weisen!

XV

Daran kannst Du auch Deine Entwicklung messen. Wenn Du etwas verändern willst in Deinem Leben solltest Du zuerst Dein Können vermehren und dann Deinen Willen verändern, den Du in die Tat setzt. Viele Menschen verändern nur ihren Willen und kommen in ihrem Leben keinen Schritt weiter; andere Menschen verändern nur ihre Handlungen. Auch das verändert natürlich niemals den

Standpunkt. Es entsteht hektischer Aktionismus. Wenn man glaubt, dass man als Gärtner Erfolg haben kann, indem man den Möhren beim wachsen zusieht ist das eine Idee, die durchaus erfolgreich sein kann. Wenn man allerdings dabei auf die Idee kommt, die Möhren zu kontrollieren und sie zur Kontrolle des Wachstums immer wieder aus der Erde zieht, hat man zwar viel Arbeit aber keinen Erfolg! Erst wenn das Wissen um die Dinge mit dem Willen etwas zu schaffen gepaart wird, kann die Tat erfolgreich werden.

In dem Zusammenhang kannst Du Dich natürlich auch fragen, was passiert, wenn Du Dich nicht mehr selber siehst und wenn Dich keiner mehr betrachtet, lebst Du dann noch? Was ist der Tod anderes, als das Leben auf den Punkt gebracht? Das Leben ist letztlich nur ein Gefühl, das durch Deine Betrachtung entsteht. Der Tod existiert nur in Deiner Vorstellung, oder hast Du ihn schon einmal betrachtet? Lass Dir also keine Schuld einreden. Vieles liegt in Deiner Verantwortung, schuldig bist Du nie!

Die Qualität Deiner Entscheidungen bestimmt die Qualität Deines Lebens. Manchmal fragen die Menschen, „Ist das Glas Halb voll, oder ist es Halb leer?" Mir ist das egal. Jedenfalls ist das Glas unpassend groß für die Menge an Flüssigkeit, die es aufnehmen soll. Vielleicht ist das bei Deinem Leben ebenso. Vielleicht denkst Du manchmal zu groß oder zu klein für die vielen Dinge die in Deinem Leben auf Dich einströmen. Es liegt in Deiner Verantwortung, Deinen Standpunkt und Deinen Mittelpunkt in Deinem Leben zu finden. Lass Dein Leben ein passendes Gefäß für Deine Fähigkeiten, Deine

Möglichkeiten und deine Taten werden.

Wenn Dich andere Menschen um Rat fragen, gib Ihnen einen Ratschlag nach den drei Punkten die Du brauchst um Deine Linien zu zeichnen. Was will der Mensch ändern; was will er erreichen? Was hat dieser Mensch bisher gelernt; was könnte er erreichen? Was hat der Mensch bisher erreicht; was hat er in die Tat gebracht? Dadurch erkennst Du, dass zwar oft die Bereitschaft besteht, etwas ändern zu wollen, aber die Fähigkeit fehlt, es in die Tat zu bringe. Ein Ratschlag sollte deshalb auch immer die Aufforderung beinhalten etwas Neues zu lernen. Andernfalls wird der Mensch seinen Standpunkt nicht ändern können. Es kommt lediglich zu einem hektischen Aktivismus. Jeder Mensch muss selbst für sich entscheiden, was er lernen möchte, damit er etwas verändern könnte und

was er letztlich in die Tat umsetzt. Oftmals will ein Ratsuchender lediglich über sein Problem sprechen aber seinen Standpunkt nicht verlassen. Diesen Menschen kann niemand helfen. Wer nichts verändern will, wird wirklich nichts verändern. Das Problem wird so zum Teil des Lebens. Vielleicht hat sich der Ratsuchende einfach nur daran gewöhnt und will immer wieder über das gleiche sprechen, weil es ihm eine gewisse trügerische Sicherheit gibt.

Hüte Dich davor, Dich von Anderen Menschen für irgendwelche Taten einspannen zu lassen. Wenn Du nur Deinen Willen veränderst, bleibt Deine Position die Gleiche wie vorher. Du kannst nichts in die Tat bringen, wenn Dir das Wissen um die Dinge fehlt. Du machst Dich nur unglücklich. Selbst wenn Du Deine Position, Dein Können und Deinen Willen so veränderst, dass Du einem Anderen Menschen gleichst, bleibt es für Dich nutzlos. Du musst dann aufs Neue Deinen Standpunkt und Deinen Mittelpunkt suchen. Leider ist der Standpunkt des Anderen, die Du brauchst, um Deine drei Punkte zu finden mit Deinem Standpunkt identisch. Also kannst Du nur hier nur Deinen neuen Mittelpunkt finden. Du musst also in diesem Fall wieder Andere suchen, damit Du Dich finden kannst. Bleibe Du selbst und mach die Dinge auf Deine Weise. So verhinderst Du, dass Du Dich verlierst. Es ist besser weiter von den Anderen weg zu sein als zu nah an Ihnen dran.

Bleibe trotzdem voller Mitgefühl für Deine Nächsten und behalte sie im Auge. Wenn Du sie aus den Augen verlierst, hast Du auch nichts gewonnen; denn wenn Du die Anderen verlierst, verlierst Du Dich auch

selber. Du musst immer die drei jeweiligen Punkte im Auge behalten."

XVI

„So, und jetzt wollen wir zu Deinen Freunden gehen." Als wir beim Auto ankommen sehe ich, dass Kevin und Alex nicht mehr ansprechbar sind. Ich trage Kevin und Heiner trägt Alex. Er sieht niedlich aus, fast wie ein Eselchen. „Komm, wir bringen Sie zu mir nach Hause", sage ich zu Heiner. Und so stapfen wir durch den Schneesturm zu meiner Hütte. Wir setzen die beiden an den Tisch. Heiner ist es zu warm. Er hängt den Mantel an den Haken und dann legt er sich vor die Tür schlafen. Er träumt wohl vom Frühling. Er sieht glücklich aus! Heiner wird wach und möchte noch was reden. „Schön", denke ich, „dass ich heute Abend etwas Gesellschaft habe! Ich werde Dir etwas von Freiheit erzählen." Es dauert aber nicht lange, und Kevin schläft wieder ein. Am nächsten Morgen trage ich die Drei in mein Auto und fahre sie zurück. Gleich wird es hell und ich muss wieder los. Ich breite über den Dreien meinen Mantel aus, damit sie nicht frieren. Dabei begleitet mich ein wundervoller Sonnenaufgang. „Danke, Mutter! Es verspricht ein schöner Tag zu werden." Ich fahre in die Stadt. Mal sehen, was den Dreien an der Stadt so gut gefällt. Hinter mir hupt ein Auto, weil ich zu langsam fahre. Ja, ja, diese Hektik der Stadt ist mal was Anderes!

XVII

Der Wecker hupt laut durch den Morgen. Eine dampfende Tasse Kaffee steht auf dem Nachttisch und Yvonne hat einen großen Blumenstrauß in der Hand. Alex fingert nach dem Wecker und stoppt den Lärm. Yvonne lacht ihn an. Sie hat einen großen Blumenstrauß in der Hand und singt laut „Happy Birthday to you! Happy Birthday to you!" Alex kann sich an letzte Nacht kaum erinnern. Er rappelt sich aus dem Bettzeug hoch und nimmt sich dankbar die Tasse Kaffee. „Was hast Du geträumt, Tiger?", fragt Yvonne. „Was man in seiner Geburtstagsnacht träumt, soll in Erfüllung gehen, sagt man." Lachend wirft sich Yvonne neben Alex aufs Bett und drückt ihm einen dicken Kuss auf den Mund. „So, jetzt müssen wir aber aufstehen! Kevin und Heiner kommen gleich um Dir zu gratulieren. Wir sollten sie zum Abendessen einladen. Deine Eltern bringen Deine alte Tante mit und werden etwas früher da sein. Du weißt ja, Deine Lieblingstante kann es kaum abwarten mal wieder aus dem Haus zu kommen seit Dein Onkel im Schnee gestorben ist. Langsam schält sich Alex aus der Decke und geht duschen. Ein schöner Tag liegt vor ihm. Als er fertig ist, setzt er sich an den Tisch und frühstückt mit Yvonne. Als die letzte Tasse Kaffee vor ihm steht klingelt es an der Haustür. Ring - Ring - Ring - Ring Oh, das ist doch bestimmt ...

XVIII

„... dieser Blöde Wecker!", denkt Yvonne und stellt ihn ab. „Was habe ich bloß wieder geträumt? Schade, ich kann mich seit Wochen nicht mehr an meine Träume erinnern!" Sie lebt jetzt schon seit Monaten in ihrer Zweizimmerwohnung. „Ich sollte mir mal wieder einen Freund zulegen. Manchmal ist Gesellschaft doch was schönes!" Wie jeden Morgen steht sie auf, duscht sich und zieht sich an. Es ärgert sie, dass es niemanden interessiert. Sie schaut aus dem Fenster. Es regnet! Das hatte ihr noch gefehlt. Sie nimmt sich ihren Regenschirm vom Kleiderhaken und fährt zur Arbeit.

Sie arbeitet in einem großen Kaufhaus und verkauft dort Kleidung. Pünktlich wie immer steht sie an ihrem Arbeitsplatz. Ihr Chef weiß das zu schätzen. Er kommt mit einem neuen Mitarbeiter zu ihr. „An dieser Frau können Sie sich ein Beispiel nehmen", sagt er. Yvonne freut sich über das Lob am frühen Morgen. Sie streckt dem Neuen freundlich die Hand entgegen. Irgendwie kommt er ihr bekannt vor. „Mein Name ist Yvonne". Der Neue schüttelt ihre Hand und sagt, „Ich heiße Alex und ich bin der Neue!" - „Kennen wir uns nicht irgendwoher?", fragt Yvonne. Alex strahlt sie an und sagt: „Nein, leider noch nicht! Aber heute Mittag könnten wir vielleicht zusammen in die Pause gehen ..." Dann geht er mit dem Chef weiter und lernt die Abteilungen kennen. Yvonne nimmt sich vor heute etwas pünktlicher in die Mittagspause zu gehen. Sie blickt auf ihre Abteilung und sieht, wie jemand etwas in seine Tüte steckt. Sie folgt ihm bis zum Ausgang. So ein gemeiner Dieb! Am Ausgang geht die Alarmanlage an. Tuut - Tuut - Tuut - Tuut ... Yvonne läuft zu dem Dieb und schreit, „Öffnen Sie sofort ...“

XIX

... die Augen. Tuut - Tuut - Tuut - Tuut ... Alex wird wach und öffnet langsam die Augen. Was macht hier so einen schrecklichen Lärm? Eine Krankenschwester steht vor ihm und schaltet das Überwachungsgerät ab. Augenblicklich erstirbt der fürchterliche Lärm. Alex fühlt sich schon viel besser. „Sie sind schon wieder völlig in Ordnung!“, frohlockt die Krankenschwester, „Wenn Sie wollen, können Sie das Krankenhaus heute Mittag verlassen!“ Alex kann sich nicht erinnern, was passiert ist. „Warum bin ich hier?“, fragt er mit trockener Stimme. „Wir haben Sie letzte Nacht in einer Schneewehe gefunden. Sie sind wohl von der Straße abgekommen und haben die Gegend nicht gekannt. Ihrem Auto ist nicht viel passiert - es wurde von einem Ortsschild gestoppt. Wir haben es vor dem Krankenhaus abgestellt. 300 Meter weiter war eine kleine Kneipe und ein alter Mann hat auf dem Nachhauseweg die Lichter ihres Autos gesehen und die Polizei gerufen. Sie waren völlig unterkühlt! Das hätten Sie nicht mehr lange ausgehalten. Warum haben Sie sich keine Hilfe geholt? War das Schneetreiben so dicht, dass sie nichts mehr wahr genommen haben?“ Alex versucht sich zu erinnern. Da war doch noch was! Ach ja, „Wo sind die Anderen? Wie geht es den Anderen?“, fragt er seine Schwester. Die schaut ihn verwundert an. „Welche Anderen? Sie waren völlig allein! Wie gesagt, Ihre Werte sind wieder ok. Wenn Sie sich besser fühlen können Sie uns ganz einfach wieder verlassen. Bleiben Sie so lange Sie wollen! Wir haben hier alles für Sie. Das Essen ist prima und schön warm ist es auch! Wir kümmern uns gerne um Sie! Legen Sie sich einfach wieder brav hin und ich hole Ihnen in der Zeit ein leckeres Frühstück!" Voller Panik springt Alex aus dem Bett, „Nicht nötig! Trotzdem vielen Dank für Ihr Angebot! Aber ich muss ganz schnell hier raus! Vielleicht ein Andermal! Nichts für Ungut!". Schnell zieht er sich an und greift beim Herauslaufen nach einem alten Wollmantel, der an einem Haken hängt. Wahrscheinlich hat ihn irgendjemand dort hängen lassen, weil er ihn nicht mehr brauchte. „Hoffentlich war das Alles nur ein schlimmer Traum", denkt er, als er in sein Auto steigt und Gas gibt. „Nur schnell weg hier!" Er greift in die Tasche des Mantels und findet ein Stück Papier auf dem zu lesen steht, „Hilfe! Rette die Freunde! Hauptstraße 4 bei Kilometer 357". Mit zittriger Hand fährt Alex auf einen Parkplatz am Rand eines großen Waldes. Er macht das Auto aus und wirft noch mal einen Blick auf den Zettel. Vom Waldrand her kommt ein Bettler langsam auf ihn zu. Obwohl er ganz langsam geht ist er seltsam schnell bei Alex und klopft an seine Scheibe.

Alex stellt sich taub. „Der will bestimmt nur Geld von mir", denkt er. Er winkt dem Mann achtlos; es soll heißen, er soll sich weitermachen. Der Bettler klebt ihm ein Blatt Papier auf die Fensterscheibe. Darauf steht: „Wenn Du wach bist, dann schau schnell in Deinen Taschen nach. Vielleicht bist Du ja auch nur ein Akteur in einem Traum der von einem geträumten Träumer geträumt wird, der ein Schläfer in einem Traum eines geträumten Träumers ist, der glaubt er wäre wach.

Woher kannst Du wissen, dass Du wach bist?"

XX

„Jetzt reicht es aber!", brüllt Alex und springt aus seinem Auto. Ich deute auf den Mantel den er trägt. „Das ist Meiner!" Mir ist schleierhaft wie Alex so schnell wach werden konnte. Wahrscheinlich ist Kevin wieder eingeschlafen. Alex zieht den Mantel aus. Er sollte sich besser beeilen. Wenn seine Wärter ihn hier mit dem Mantel finden, hat er ein Problem! Wie soll er ihnen erklären, dass er nur ein Alter Mann ist?

Er müsste sich seiner Realität stellen und seinen Träumer stehen lassen. Aber wird er das wirklich wollen? Wird er seinen Traum vom Leben so beeinflussen können, dass er in Freiheit leben kann? Wahrscheinlich wird er sich gar nicht um seine Träumer kümmern wollen. Er weiß wahrscheinlich gar nicht, dass Träume den Träumer verändern. Irgendwie weisen die Erlebnisse in Träumen auch immer auf die Realität hin. Jemand der immer davon träumt, auf einer Südseeinsel unter Palmen Kokosnussmilch zu trinken, wird wahrscheinlich irgendwann im Süden Urlaub machen. Ich könnte mir vorstellen, dass so ein Mensch Wilhelm heißen könnte. Er würde bestimmt als gestresster Manager in der Vorstandsetage einer großen Versicherung arbeiten. Vielleicht käme seine Familie mit. Seine Frau und seine beiden Kinder hätten bestimmt Spaß im Süden. Er müsste so ein oberflächlicher Typ sein. Damit man das ganze noch etwas auflockert, könnte jemand anrufen, der sich auf der anderen Seite der Welt in einem Schneesturm befindet. Ja, die Idee gefällt mir. Vielleicht werde ich es irgendwann mal schaffen im Süden zu sein und dort in ei-

ner Ferienanlage bei All Inclusive Urlaub zu machen.
Es würde mir sicherlich gut
tun!

Alex sieht mich seltsam an
als er sich ins Auto setzt.
„Ich glaube nicht, dass Du
für Deinen Träumer Ver-
antwortung übernehmen
wirst", sage ich noch zum
Abschied. Alex wühlt in seinen Taschen. Er scheint
etwas zu suchen. Ich frage
mich ernsthaft, ob ich ihm
helfen sollte. Aber es erscheint mir unnötig. Alex
scheint etwas gefunden zu
haben. Er lacht mir aus dem
Fahrzeuginnern zu und
winkt mir zum Abschied mit
einem Zettel. Mich würde
doch interessieren was er
da gefunden hat.

Na, mir kann das egal sein;
ich kann das sowieso nicht
ändern. Er wird sich schon
so entscheiden, wie er es
für richtig hält. Ich gehe jetzt
nach Hause! Es war ein an-
strengender Tag und ich bin
schon richtig müde. Schnell

erreiche ich meine Hütte im
Wald. Sie liegt auf einer
wundervollen Lichtung. Ich
betrete das warme Haus.
Es ist schon ein Feuer an-
gezündet und man kann
den Rauch draußen rie-
chen. Es ist wundervoll. Ich
lege mich ins Bett, bedanke
mich bei Mutter und Vater,
und schlafe schnell ein. Ein
wundervoller Tag geht zu
Ende!

Kevin kommt mich ab und
an besuchen. „Hallo Kevin",
sage ich, als ich ihn sehe.
„Wie geht es Dir?" Kevin
kommt fröhlich auf mich zu
und sagt „Mir ist es gut er-
gangen, Alter Mann. Ich soll
Dir schöne Grüße von Alex
ausrichten. Er hat mir diesen Zettel für Dich mitgege-
ben. Du wüsstest schon
was los ist, wenn Du ihn
liest." Ich bin verwirrt und
nehme den Zettel entgegen.
Ich mache mir Licht an, damit ich es besser lesen
kann, „Schlaf gut, Alter
Mann! Ich werde ab und an
bei Dir vorbeikommen und

Dich zudecken! Ich möchte ja nicht, dass es Dir schlecht geht!" Ich fühle mich seltsam behaglich und umsorgt. An diesem Tag habe ich sehr lange und gut geschlafen. Ich habe von Yvonne geträumt. Hoffentlich hat es den Beiden gut gefallen! Anschließend habe ich davon geträumt, frei zu sein. Alex spielte dabei eine wichtige Rolle.

XXI

Irgendwie haben mir die Worte gefallen, die ich im Traum gesagt habe. Ich sollte mein Leben wirklich anders einrichten! Ich weiß zwar noch nicht wie, aber ich denke die Lösung liegt zum greifen Nah vor mir. Wenn ich mich nur an meine Träume besser erinnern könnte! Das meiste vergesse ich leider schon fünf Minuten nach dem Aufwachen! Es wird nicht so wichtig sein. Träume sind Schäume, sagt man!

Meine Frau steht neben meinem Bett und himmelt mich an. „Gehen wir heute Schoppen, Schatz?", fragt sie. Ich richte mich auf, „Natürlich, Liebling, wenn Du magst, gerne!" Ich fühle mich eigentlich gar nicht gut. Ich hatte in den letzten Wochen viel Stress auf der Arbeit. Ich hätte diese Arbeit in der Vorstandsetage einer Versicherung nicht annehmen sollen. Er bringt zwar viel Geld aber wenig Erfüllung. Ich brauche Urlaub! „Hast Du Lust mal mit mir im Süden Urlaub zu machen? Immer nur Skandinavien erscheint mir langweilig. Wir könnten auch die Kinder mitnehmen!"

Meine Kinder kommen herein. Meine Tochter stellt sich fröhlich vor mich und stemmt die Arme in die Hüfte. „Wusstest Du, dass Du dreimal existierst? Erstens, weil es Dich gibt, Zweitens, in Deiner Vorstellung über Dich selbst und Drittens in der Vorstellung Deiner Betrachter. Das ist doch sau-komisch, oder?", lacht sie und läuft wieder zum Spielen. Mein Sohn schaut spitzbübisch, „Ja, jeder existiert als Traum in den Anderen, haben meine Lehrer gesagt! Je netter man zu Anderen ist, desto schönere Träume haben sie. Aber den Bösen Watz mag ich nicht, zu dem bin ich nicht nett. Der soll schlechte Träume haben!". Dann läuft er meiner Tochter hinterher. Sie spielen Fangen. Wie schön die Kinder spielen können, denke ich bei mir. Kinder sind noch unbeschwert und haben nur Angst vor dem Bösen Watz. Schade, dass mir nie aufgefallen ist, dass es eine Zeit gab, als ich noch keine Ängste hatte. Diese blöden Ängste haben mich um wundervolle Erfahrungen in meinem Leben gebracht. Draußen kreischen und jauchzen meine Kinder vor Freude. Seltsam, je älter man wird, desto weniger Lebensfreude hat man. Je

älter man wird desto mehr tauscht man Lebensfreude in Lebenshunger. Man verliert diese unbeschwerte Unbefangenheit der Kindheit. Ich bin wirklich urlaubsreif!

Meine Frau und ich werden gleich unseren wohlverdienten Urlaub, irgendwo auf der Südhalbkugel, buchen. Ich freue mich schon darauf! Vielleicht werde ich meinen Job kündigen. Wir sollten etwas Anderes anfangen und ein souveränes freies Leben führen. Ich weiß, jeder Mensch hat ein Recht darauf! Ich weiß nur nicht, woher ich das weiß! Und woher kommt dieses unbändige Verlangen nach Kokosnussmilch?

XXII

Schweißgebadet wird Dirk wach! Voller Unruhe springt er aus dem Bett. „Was für eine Nacht! Ich brauche jetzt dringend einen Kaffee! Nie wieder Alkohol!" Neben ihm liegt seine Bekanntschaft von letzter Nacht. Verschlafen schaut sie zu ihm rauf, „Hast Du schlecht geträumt, oder was ist los?" - „Ich kann mich an nichts erinnern", sagt Dirk. „Komm, ich mache uns erst mal ein schönes Frühstück!" Er geht an den Kühlschrank und holt Käse, Butter, Wurst und stellt es auf den Tisch. Brot darf auch nicht fehlen! „Irgendwas habe ich noch vergessen", denkt Dirk. Er öffnet den Kühlschrank und fragt, „Magst Du eigentlich Kokosnussmilch? Ich hätte noch eine Büchse da!"

Herstellung und Verlag:
Books on Demand GmbH, Norderstedt
ISBN 978-3-8423-5936-9